汉译世界文学名著丛书

幽禁的玫瑰

阿赫玛托娃诗选

〔俄〕安娜·阿赫玛托娃 著

晴朗李寒 译

商务印书馆
The Commercial Press

Анна Андреевна Ахматова
ЗАПРЕТНАЯ РОЗА:
СТИХОТВОРЕНИЯ АННЫ АХМАТОВЫ

参考 «АННА АХМАТОВА: Сочинения в двух томах» (Издательство Художественная литература, 1987)、«АХМАТОВА АННА АНДРЕЕВНА: Стихотворения. Воспоминания» (Издательство «ЭКСМО», 2014)、«Ахматова.А.А.: Полное собрание поэзии и прозы в одном томе» (Издательство АЛЬФА-КНИГА, 2017) 译出。

汉译世界文学名著丛书
出版说明

1902年，我馆筹组编译所之初，即广邀名家，如梁启超、林纾等，翻译出版外国文学名著，风靡一时；其后策划多种文学翻译系列丛书，如"说部丛书""林译小说丛书""世界文学名著""英汉对照名家小说选"等，接踵刊行，影响甚巨。从此，文学翻译成为我馆不可或缺的出版方向，百余年来，未尝间断。2021年，正值"汉译世界学术名著丛书"出版40周年之际，我馆规划出版"汉译世界文学名著丛书"，赓续传统，立足当下，面向未来，为读者系统提供世界文学佳作。

本丛书的出版主旨，大凡有三：一是不论作品所出的民族、区域、国家、语言，不论体裁所属之诗歌、小说、戏剧、散文、传记，只要是历史上确有定评的经典，皆在本丛书收录之列，力求名作无遗，诸体皆备；二是不论译者的背景、资历、出身、年龄，只要其翻译质量合乎我馆要求，皆在本丛书收录之列，力求译笔精当，抉发文心；三是不论需要何种付出，我馆必以一贯之定力与努力，长期经营，积以时日，力求成就一套完整呈现世界文学经典全貌的汉译精品丛书。我们衷心期待各界朋友推荐佳作，携稿来归，批评指教，共襄盛举。

商务印书馆编辑部

2021年8月

目　　录

致 A. M. 费多罗夫 ·· 1
哦，不要说！这些激动热情的话语 ······················ 2
我会爱 ··· 3
他手上戴着许多闪光的戒指 ·································· 5
月光沿着地板流淌 ·· 6
我向窗前的月光祈祷 ··· 7
我们诅咒着对方 ·· 8
我的深夜——都是关于你的呓语 ························· 9
不知是我陪你留了下来 ······································· 10
蓝葡萄的甜蜜气息 ··· 11
蓝色的黄昏。晚风已温和地平息 ······················· 12
致 И. А. 戈连柯 ··· 14
灰眼睛的国王 ·· 15
我的房间中生活着 ··· 17
深色的面纱下我抱紧臂膀 ·································· 19
黄昏的房间 ··· 20
阳光的记忆在心中减弱 ······································ 22
你好像用麦秆儿，吮吸着我的灵魂 ··················· 24

我曾三次接受拷问……	26
仿英·费·安年斯基	28
沿着林荫路牵过一群小马……	30
我来到这里，无所事事……	31
老橡树沙沙作响，诉说着往事……	33
短歌	34
我快疯了，哦，奇怪的男孩……	36
你重新和我在一起。啊，玩具男孩……	37
流水之上	38
森林里	40
我哭泣过，也忏悔过……	42
高远的天空中云朵变得灰暗……	43
心不会和心锁在一起……	44
我和你开心大醉，意兴酣然……	45
昏暗的草棚下闷热可怕……	46
最后一次相见之歌	47
一个男孩，吹弄着风笛……	49
新月初升时……	50
爱情用普通的、不太熟练的歌声……	52
人们仿佛用沉重巨大的锤子……	53
丈夫用花纹皮带抽打了我……	54
断章	56
失眠	58
眼睛哀求着人们口下留情……	59

请你相信，不是毒蛇尖利的信子……	60
这里的一切，一切宛若从前……	62
人们祈祷过，为贫穷的，为忧伤的……	64
我变得很少梦见他了，谢天谢地……	66
怎么会在我乌黑的辫子里……	68
请来看看我吧……	69
圣像下是擦破的小地毯……	70
你给了我沉重的青春……	72
致米·洛津斯基	73
我奄奄一息，被不朽煎熬不已……	74
蓝色的光泽在天空变得暗淡……	76
还在说着的电话……	77
在这里我们都是酒鬼，荡妇……	78
亲爱的女人总有那么多请求……	80
心慌意乱	82
人们没有提着灯笼……	84
漆黑的道路曲折蜿蜒……	86
晚上	88
你前来安慰我，亲爱的……	90
我什么也不会告诉，什么也不会说出……	91
我温顺地猜想……	92
最后一封信	94
男孩对我说："这多么痛苦！"……	97
那个口齿不清的赞美我的人……	98

您用细小工整的笔画写信,丽斯 …………………………… 99

我有一个微笑 …………………………………………… 101

天主教堂高耸的拱顶 …………………………………… 102

用经验替代智慧 ………………………………………… 104

1913 年 12 月 9 日 ……………………………………… 105

你不要把真正的柔情 …………………………………… 106

我和你不再共饮美酒 …………………………………… 107

夜晚高烧,清晨萎靡 …………………………………… 108

我离开你白色的房子和寂静的花园 …………………… 109

哦,这是寒冷的一天 …………………………………… 110

我曾这样祈祷 …………………………………………… 111

回信 ……………………………………………………… 112

送朋友来到前厅 ………………………………………… 114

在这座房子里散发出 …………………………………… 115

每天你都滋生新的不安 ………………………………… 116

身体变得多么可怕 ……………………………………… 117

脖颈上挂着一串细小的念珠 …………………………… 118

客人 ……………………………………………………… 120

他用木炭在我的左肋 …………………………………… 122

当我们最后一次相见 …………………………………… 123

哪里都没遇到自己的爱人 ……………………………… 124

他没有痛打,没有诅咒,没有背叛 …………………… 126

回答 ……………………………………………………… 127

我不需要小小的幸福 …………………………………… 129

你本来可以少些梦见我	130
白夜	131
私奔	132
古老的城市一片死寂	134
右边是第聂伯河，左边是槭树林	135
整整一年你和我形影不离	136
她走近了。我没有流露出不安	138
我不会乞求你的爱情	140
人们悄无声息地在房子里走动	142
它成了我安乐的摇篮	144
上帝的使者，在冬天的早晨	145
安慰	146
他曾嫉妒，慌乱而温情	148
这些花朵，有来自露水	149
尘世的荣誉如同烟尘	151
因为我颂扬了罪孽	152
我对谁偶尔说起过	153
在空荡荡的住宅里，冻结的屋顶下	154
梦	155
我停止了微笑	157
我从你的记忆中抽取这一天	158
密友之中有一张朝夕思慕的面容	159
我亲自选择了命运	160
他久久走着，穿过原野和乡村	161

春天来临前总会有这样的日子⋯⋯⋯⋯⋯⋯⋯⋯⋯⋯⋯⋯⋯ 163
我们要在一起，亲爱的，在一起⋯⋯⋯⋯⋯⋯⋯⋯⋯⋯ 164
语言的新鲜和感情的纯朴⋯⋯⋯⋯⋯⋯⋯⋯⋯⋯⋯⋯⋯ 166
不，王子，我不是你⋯⋯⋯⋯⋯⋯⋯⋯⋯⋯⋯⋯⋯⋯⋯ 167
他没有辱骂我，也没有赞美我⋯⋯⋯⋯⋯⋯⋯⋯⋯⋯⋯ 169
为什么你时而佯装成⋯⋯⋯⋯⋯⋯⋯⋯⋯⋯⋯⋯⋯⋯⋯ 170
我曾多少次诅咒⋯⋯⋯⋯⋯⋯⋯⋯⋯⋯⋯⋯⋯⋯⋯⋯⋯ 171
上天对那些割麦人和园丁太不仁慈⋯⋯⋯⋯⋯⋯⋯⋯⋯ 173
如同未婚妻，每天黄昏⋯⋯⋯⋯⋯⋯⋯⋯⋯⋯⋯⋯⋯⋯ 174
我总是梦见山峦起伏的巴甫洛夫斯克⋯⋯⋯⋯⋯⋯⋯⋯ 175
缪斯沿着一条小路离去⋯⋯⋯⋯⋯⋯⋯⋯⋯⋯⋯⋯⋯⋯ 177
那个八月，如同黄色的火焰⋯⋯⋯⋯⋯⋯⋯⋯⋯⋯⋯⋯ 179
你的两只手掌滚烫⋯⋯⋯⋯⋯⋯⋯⋯⋯⋯⋯⋯⋯⋯⋯⋯ 181
你要活下去，不谙苦难⋯⋯⋯⋯⋯⋯⋯⋯⋯⋯⋯⋯⋯⋯ 183
不是秘密，不是忧伤⋯⋯⋯⋯⋯⋯⋯⋯⋯⋯⋯⋯⋯⋯⋯ 185
你没有向我承诺，不用生命也不用上帝⋯⋯⋯⋯⋯⋯⋯ 186
如同天使，搅乱水面⋯⋯⋯⋯⋯⋯⋯⋯⋯⋯⋯⋯⋯⋯⋯ 187
我知道，你就是对我的奖赏⋯⋯⋯⋯⋯⋯⋯⋯⋯⋯⋯⋯ 188
第一道曙光——是上帝的祝福⋯⋯⋯⋯⋯⋯⋯⋯⋯⋯⋯ 189
这次相见对谁都不要宣扬⋯⋯⋯⋯⋯⋯⋯⋯⋯⋯⋯⋯⋯ 190
蜡菊枯干，粉红⋯⋯⋯⋯⋯⋯⋯⋯⋯⋯⋯⋯⋯⋯⋯⋯⋯ 191
它们正在飞翔，它们还在路上⋯⋯⋯⋯⋯⋯⋯⋯⋯⋯⋯ 192
雅歌 ⋯⋯⋯⋯⋯⋯⋯⋯⋯⋯⋯⋯⋯⋯⋯⋯⋯⋯⋯⋯⋯⋯ 193
天空飘洒着蒙蒙细雨⋯⋯⋯⋯⋯⋯⋯⋯⋯⋯⋯⋯⋯⋯⋯ 195

恰似白色的石头沉在井底……………………… 197

啊，这又是你…………………………………… 198

回忆1914年7月19日 …………………………… 199

当我在阴郁无比的首都……………………… 200

我要精心照料黑色的苗床…………………… 202

一切都被剥夺：不论是力量，还是爱情…… 204

微睡重新赠予我……………………………… 205

他向我承诺了一切…………………………… 207

我一到那里，苦恼便烟消云散……………… 208

我的命运就这样改变了吗…………………… 209

城市已然死去，最后一栋房子……………… 211

断章…………………………………………… 213

傲慢蒙蔽了你的灵魂………………………… 214

莫非是因为远离了该死的轻松……………… 215

不曾有诱惑。诱惑在寂静中生活…………… 216

那个声音，曾与伟大的寂静较量…………… 217

21日。深夜。星期一 ………………………… 218

这些广场多么空旷…………………………… 219

我们还没有学会告别………………………… 221

神秘的春天还懒散无力……………………… 222

我听见黄鹂永远忧伤的啼鸣………………… 223

哦，不，我爱的不是你……………………… 224

家中立刻变得一片安静……………………… 226

你如今沉痛而沮丧…………………………… 227

你这个叛徒：为了绿色的岛屿	229
这事多简单，这事多明显	231
我认为——这里永远	232
当人民在自杀般的痛苦中	233
你永远那样神秘和清新	235
如今谁也不再聆听歌曲	236
别人的俘虏！我才不要别人的俘虏	237
当关于我痛苦死亡的消息	238
伴着钢琴上飞出的第一声旋律	239
天鹅般的微风吹拂	240
因为你神秘莫测的爱情	241
这个世纪比先前的世纪糟糕在哪里？	242
我痛苦而衰老。皱纹	243
我不喜欢花——它们让我想起	244
把我们称为上帝荒谬的祭司	245
新年的节日多么漫长	246
活着的日子所剩不多	248
亲爱的旅人啊，你路途遥远	249
我们不能见面。我们在不同的阵营	251
一切都被偷盗，背叛，出卖	252
啊，你以为——我也是那样的女人	254
我听命于你，信守不渝	255
恐惧，在黑暗中收拾着东西	256
生铁的栅栏	258

啊，这没有明天的生活	260
我们好不容易分了手	262
趁我还没有跌倒在栅栏下	264
让管风琴的旋律突然响起	266
对你百依百顺？你简直发了疯	268
你久久凝视的目光让我疲倦	270
我出语成谶招来亲人的死亡	271
他声称，我没有情敌	273
戏剧的第五幕	274
爱人们的灵魂都在高高的星空安息	275
我的天使，我和你没有耍滑头	276
在那个久远的年代，爱情熊熊燃烧	277
不要让尘世的快乐使心灵疲倦	279
为何你不知所措地徘徊	280
那位天使，呵护了我三年	281
诽谤	282
他低声说：我甚至不惜	284
预言	285
最好让我大病一场，在高烧的呓语中	286
那些抛弃了国土，任仇敌蹂躏的人	287
魔鬼没有出卖。一切我都办到了	289
那个惩罚的黄昏多么公正	290
你怎么可以，刚强而自由的人啊	292
我不会用你的名字亵渎双唇	294

你会原谅我的一切	295
请你原谅我，我自理能力太差	296
如果不安的月光缓慢移动	297
讽刺短诗	298
再次到夜晚的密林中去吧	299
两行诗	300
野蜂蜜散发自由的气息	301
为什么你们往水里下毒	302
他是否会派天鹅来接我	303
沃罗涅日	304
我对你隐藏了心灵	306
一些人投来温柔的目光	307
一点点地理	309
我，被褫夺了火与水	310
所有人都走了，谁也没回来	311
忧郁的心情就这样飞逝而去	313
我哄睡了鬈发的小儿	315
关于纳尔布特的诗歌	317
节选自组诗《青春》	318
书上题词	321
但是我警告你们	323
我正在做的事，每个人都能做	324
这就是它了——那秋日的风景	326
又一首偏离主题的抒情诗	328

你以名人的身份返回我身边	330
内景	331
我已经有七百年没在这里	333
我们神圣的职业	334
是的,在断绝往来的日子总会这样	335
啊,这个人,对我来说	336
回忆包含三个阶段	337
很久以来我就不喜欢	340
众人曾开玩笑地把那人	341
玻璃窗上冰雪在消融	342
你清楚,我不能赞美	343
我们没有吸入迷梦的罂粟	344
狡猾的月亮注视着我	345
我会宽恕所有人	346
祝酒歌	347
情歌	348
就让有的人还在南方休憩吧	349
这个声音没有欺骗我	351
……什么!仅仅十年	353
选自组诗《焚毁的笔记本》	354
我歌唱这次见面,歌唱这个奇迹	355
这是个平常的清晨	356
选自列宁格勒挽诗	357
你徒劳地向我的脚下抛掷着	358

我向他们鞠躬致敬	360
我拿起话筒	362
八月	363
所有人,——那些没被邀请的	365
对谁,什么时候说过	366
选自第七首北方哀歌	367
我仿佛听见了远方的呼唤	369
你们把我,像杀死的野兽	370
选自未完成的长篇小说中的诗	371
淫荡的烈酒	372
仿朝鲜诗	373
三月挽歌	374
离别对我们意味着什么?——不祥的消遣	375
多余的短歌	376
我没有送给你戒指	377
你还能赠予我什么	378
创作	379
女继承人	380
选自《塔什干诗篇》	381
最后之诗	383
我早已不再相信电话了	385
选自诗歌草稿	386
这些对我的赞美不合规矩	387
啊,你们的祖父曾多么地爱我	388

用青春诱惑，以荣誉许诺	389
三月哀歌	391
如同盲人俄狄浦斯的女儿	393
那些辱骂的，那些盛赞的	394
错误地将我俘获	395
在黑暗的记忆里	396
致叙事诗	397
缪斯	398
痛苦成了我的缪斯	399
仿卡夫卡	400
如果所有人，想在这尘世之上	402
焚毁的笔记本	403
一丛三色堇	404
在那棵朝思暮想的槭树下	405
背弃了所有诺言	406
诗集的面世	407
故土	409
听歌	411
我们有什么相似的地方	412
这就是她，果实累累的秋天	413
还是关于这个夏天	414
过了许多年	415
诗人不是人	417
就这样低垂了眼帘	418

莫斯科的一切都被诗歌喂养 ……………………………… 419

过了二十三年 ……………………………………………… 420

在镜像中 …………………………………………………… 421

还是祝酒词 ………………………………………………… 423

最后的 ……………………………………………………… 424

第五朵玫瑰 ………………………………………………… 425

十三行诗 …………………………………………………… 427

离别是虚幻的 ……………………………………………… 428

这个夏日曾令人愉快地 …………………………………… 429

你——真的，是某人的丈夫 ……………………………… 430

子夜来访 …………………………………………………… 431

关于不能寄送的叙事诗 …………………………………… 433

十四行诗 …………………………………………………… 434

宽恕我吧，我曾和众人一样 ……………………………… 436

你一生都爱我，爱着我一个 ……………………………… 437

最后一首短歌 ……………………………………………… 438

浪漫诗 ……………………………………………………… 439

这片土地虽然不是故乡的 ………………………………… 440

幽禁的玫瑰 ………………………………………………… 441

音乐 ………………………………………………………… 442

以启蒙的呐喊承担时代的重负——阿赫玛托娃诗歌论 ····· 刘波　443

安娜·阿赫玛托娃生平创作年表 ……… 晴朗李寒　翻译、整理　457

致 A. M. 费多罗夫[①]

我和你走在黑色的深渊上,

一道道闪电,发出刺眼的光芒。

那个黄昏,我找到了难以估价的珍宝,

在神秘的时隐时现的远方。

我们的爱情之歌曾是那样纯洁,

比月光还要透明,

而黑色的深渊,睡醒了,默默地

等待着誓言的激情。

你温柔而慌乱地亲吻我,

充满了闪闪发光的幻梦,

深渊之上,是大风在喧哗,呼啸……

被遗忘的坟墓之上,是竖起的十字架,

它显得苍白,像默不作声的幽灵。

1904 年 7 月 24 日

---

① 亚历山大·费多罗夫(1868—1949),俄罗斯诗人、剧作家、翻译家。[本书脚注均为中译者所做。]

哦，不要说！这些激动热情的话语……

哦，不要说！这些激动热情的话语
让我在火焰中都会战栗。
我无法把温柔的眼神
从你的身上慌乱地转移。

哦，不要说！在我年轻的心里，
你好像唤醒了某种奇妙的东西。
觉得生活恰似美好而神秘的梦幻，
那里有鲜花般的亲吻。

你为何向我这样低地俯下腰身，
从我的眼神里你读到了什么，
为什么我在发抖？为什么我身处火焰？
快走开！啊，你何必来到我的身边。

1904—1905 年

我会爱……

我会爱。
会变得顺从与温柔。
我会满含诱惑、迷人和摇曳的微笑
注视着你的眼睛。
我柔软的躯体如此轻盈和匀称,
鬈发的芬芳令人惬意。
啊,谁和我在一起,谁的灵魂就不得安宁
　　谁的拥抱就会变得安逸……

我会爱。我有骗人的羞涩。
我如此胆怯而温柔,总是默默无言。
只有我的眼睛在说话。
　　它们明亮而清澈,
　　　　如此晶莹,闪烁着光芒。
　　它们预示着吉祥。
　　你相信——它们会欺骗你
　　　　只是它们的天蓝色
　　　　比蓝色的火焰——

更加温情与明亮。
我的双唇间——是鲜红的爱意。
我的乳房洁白，胜过高山的冰雪。
我的声音——是天蓝色溪流的潺潺絮语。
我会爱。我的吻期待着你。

1906 年
叶甫帕托里亚

他手上戴着许多闪光的戒指……

他手上戴着许多闪光的戒指——
那是被他征服的少女的温柔之心。

那里有钻石的欢腾,有蛋白石的幻想,
还有美丽的红宝石闪烁着神奇的光芒。

但他白皙的手指上没有我的戒指,
我的戒指从来没有给过任何人。

这是金色的月光为我打造,
它在梦中给我戴上,并轻声为我祈祷:

"珍惜这礼物吧,为你的梦想骄傲!"
这枚戒指我不会给任何人,直到永远。

1907 年

月光沿着地板流淌……

月光沿着地板流淌,
一颗心瞬间冻僵,又变得滚烫,
手指怡然地抚弄着秀发,
它们像亚麻,似明亮的波浪。

闪电划过,仿佛一根火柴,
在昏暗的天空吹熄。
温柔的小鸟身穿白色的衣裙
在我的床榻上睡去。

心儿剧烈地跳动,双手合起,
轻声叩问:"哦,上帝,你在哪里?"
我记得那令人心醉的嗓音,
我记得,它们是那样清晰。

1909 年

我向窗前的月光祈祷……

我向窗前的月光祈祷——
它苍白,单薄,笔直。
今天我从清晨便沉默不言,
而我的心——裂为两半。
我的洗脸盆上
青铜变成了绿色。
但月光仍在上面嬉戏,
看起来是那么快乐。
在夜晚的寂静中
它是如此天真,单纯,
在这空空荡荡的宫殿里
它仿佛幸福的节日
给我带来慰藉。

1909 年 11 月 3 日

基辅

我们诅咒着对方……

我们诅咒着对方,
当激情奔涌,炽烈到白热化。
我们还不明白,
对两个人来说,地球是多么小,
疯狂的记忆折磨着我们,
强者的拷问——灼人的病痛!——
而在无边的深夜,内心让我打听:
啊,离去的朋友在哪里?
当狂欢和冒险之后,合唱声响起,
透过缕缕神香的烟雾,
严厉而固执地注视着灵魂的
依旧是那双无法逃避的眼睛。

1909 年

我的深夜——都是关于你的呓语……

我的深夜——都是关于你的呓语，
而白天——却冷漠地说：随他去！
我对着命运微笑，
它却常常送给我忧郁。

昨日沉痛的狂热，
是否很快就要把我烧完，
我觉得，这场大火
不会化作霞光满天。

在大火中是否还要挣扎很久？
我悄悄诅咒那个远行者。
在我可怕的陷阱里，
你看不见我。

1909 年
基辅

不知是我陪你留了下来……

不知是我陪你留了下来,
还是你和我一起离去,
但是,我的天使,分手
始终没有变成现实!
不是稀奇古怪的责难,
也不是懒散忧伤的叹息,
是你平静而明亮的眼神,
唤起我黑暗的恐惧。

1909 年

蓝葡萄的甜蜜气息……

醉人的远方激起
蓝葡萄的甜蜜气息……
你的声音低沉而郁闷。
我谁也不需要,对谁也不怜惜。

野果间架起了蜘蛛网,
柔韧的蒿柳枝干依然纤细,
白云飘荡,像冰块,像冰块
漂浮在蓝色河流明净的水波里。

太阳高悬。阳光明丽。
快去向浪花低诉悲痛吧。
哦,她,也许,会回答你,
她,也有可能,会亲吻你。

1910 年 1 月 16 日

基辅

蓝色的黄昏。晚风已温和地平息……

蓝色的黄昏。晚风已温和地平息,
明亮的灯光召唤我回家去。
我猜想:"谁来了?——莫非是新郎,
是我的未婚夫等在家里?"

露台上闪现着熟悉的剪影,
隐隐约约听到轻微的说话声。
啊,那种迷人的倦意,
直到现在我还不太熟悉。

白杨树不安地沙沙作响,
温柔的梦境把它们造访。
天空的颜色变得漆黑,
群星也渐渐地暗淡无光。

我采回一束洁白的紫罗兰。
因为它里面深藏着秘密的火焰,

谁从我胆怯的手中取走花束,
他就会触到我手掌的温暖。

       1910年9月
       皇村

致 И. А. 戈连柯

这个清晨迷醉于春日的阳光,
露台上可以嗅到玫瑰的芳香,
而天空比青花瓷还要明亮。
这个笔记本有着柔软的山羊皮封面,
我在阅读祖母当年写下的
那些哀歌与诗篇。

我看见通向大门的道路,短木桩
在绿宝石般的草地上清晰地反光。
哦,心儿甜蜜而盲目地爱着!
绚丽缤纷的花坛令人欢欣,
渐暗的天空中传来乌鸦生硬的叫声,
林荫路的深处是墓地的拱门。

1910 年 11 月 2 日

基辅

灰眼睛的国王

赞美你啊,这无休无止的悲伤!
昨天他去世了,灰眼睛的国王。

秋日的黄昏,空气沉闷,霞光火红,
我的丈夫回到家里,语气平静:

"知道吗?人们把他运出了狩猎区,
在一棵老橡树下找到了他的尸体。

可怜的是王后。那么年轻漂亮!
一个晚上就变得白发苍苍。"

丈夫在壁炉上找到自己的烟斗,
起身上夜班,走出了门口。

我要立刻把自己的小女儿唤醒,
我要看一看她那双灰色的眼睛。

窗外的白杨树沙沙作响:
"人世间已经没有了你的国王……"

1910年12月11日

皇村

我的房间中生活着……

我的房间中生活着
一条行动迟缓而又美丽的黑蛇；
她像我一样懒散，
也像我一样冰凉，冷漠。

傍晚，我写着神奇的童话，
坐在通红的火焰旁的地毯上，
而她用绿宝石般的眼睛
注视着我。

深夜里，我发出呻吟般的抱怨，
露出死亡的、沉寂的模样……
确实，我想得到另外的东西，
最好不是毒蛇一般的目光。

只是到了清晨，我才重新变得温顺，
像纤细的蜡烛，一点点融化……

此时那条黑色的带子
才从我瘦削裸露的肩膀上滑下。

1910年

深色的面纱下我抱紧臂膀……

深色的面纱下我抱紧臂膀……
"为什么今天你的脸色如此憔悴?"
——是因为,我用苦涩的忧伤
把他灌得酩酊大醉。

我怎么能忘记?他踉跄着走出去,
嘴角痛苦地扭曲……
我没有碰一下栏杆,就奔下楼,
一直跟着他跑到大门口。

我气喘吁吁,冲他大喊:"从前的一切,
都是游戏。你要走,我就去死。"
他平静而又可恶地微笑着,
对我说:"别站在风口里。"

1911 年 1 月 8 日
基辅

黄昏的房间

如今我说的那些话语,
只在灵魂中诞生一次。
小蜜蜂在白菊花上嗡嗡鸣叫,
古老的香袋散发出芬芳的味道。

这个房间,窗子实在有些狭小,
可它却呵护着爱情,牢记着壮士歌谣,
床头的上方镌刻着法文题词,
写的是:"上帝,请宽恕我们。"①

我的灵魂啊,请不要触及,也不要找寻
古老的故事,悲伤的笔记……
我看见,一件件闪亮的雨衣
让塞弗勒②发光的雕塑黯然失色。

---

① 原诗此处为法语:Seigneur, ayez pitie de nous。
② 法国城市,以瓷器制造闻名于世。

这最后一道光线,金黄而沉重,
冻结了一大束鲜艳的天竺牡丹,
我仿佛在梦中听到了维奥拉琴
和一架老钢琴的绝妙和弦。

         1911年1月21日
           基辅

阳光的记忆在心中减弱……

阳光的记忆在心中减弱。
小草枯黄。
寒风隐约吹拂,送来
初雪的冰凉。

狭窄的运河已不再流淌——
河水封冻。
这里再也不会发生什么,——
哦,永远不会发生!

柳树在空旷的天空碎成
透风的扇片。
或许,我成不了您的妻子,
这种结局才更圆满。

阳光的记忆在心中减弱。
这是什么?是黑暗?

也许吧！冬天用一个晚上便会降临人间。

1911 年 1 月 30 日
基辅

你好像用麦秆儿,吮吸着我的灵魂……

你好像用麦秆儿,吮吸着我的灵魂。
我知道,它的味道苦涩,让人沉迷。
但我不会用哀求打断你的折磨。
哦,我的平静会持续好几个星期。

你何时结束,请告诉我。不必忧伤,
人间已没有了我的灵魂。
我要到那不太遥远的地方
去看一看,嬉戏的孩子们。

刺李子正在灌木丛中绽放,
墓地旁人们在忙着搬运红砖。
你是谁,是我的兄弟还是恋人,
我不记得,也不需要记在心间。

这里多么孤独,却又多么明亮,
疲惫的身体在这里休假……

而路过的人们会胡乱猜想：

说不定，这个女人昨天刚刚守寡。

1911 年 2 月 10 日

皇村

我曾三次接受拷问……

我曾三次接受拷问。

我痛苦地惊叫着醒来

看到了一双细瘦的手

和一张阴沉讥笑的嘴巴。

"早晨你和谁接吻,

向谁发誓,会在分别后去死?

你隐瞒了炽热的喜悦,

在漆黑的门口痛哭流涕,

那个你拼命相送的人,

哦,很快很快,也会死去。"

这声音如同老鹰的尖叫,

与某人的声音奇怪地相似。

我蜷曲了整个身子,

感受到死亡的战栗,

牢固的蜘蛛网

抖落下来,把我的床榻盖严……

哦,你的嘲笑不是没有根据,
我这不由自主说出的谎言!

　　　　　　　　1911 年 2 月 16 日
　　　　　　　　皇村

仿英·费·安年斯基①

我和你,和我最初的怪脾气,
告别了。湖水变得幽暗无比。
你只是说了句:"我不会忘记。"
那时,我竟然奇怪地对此深信不疑。

一张张面孔闪现,又逝去,
今天可爱,明天还远。
为什么在这页书上
我不知何时把一角折起?

这本书总是在同一个地方
打开。我不知道,这究竟是为什么!
我只爱那瞬间的快乐

---

① 此诗以男性的口吻写成。英那肯季·费多洛维奇·安年斯基(1856—1909),俄罗斯白银时代诗人、文学评论家。著有诗集《低吟浅唱》《柏木雕花箱》。安年斯基的创作风格介于象征主义和阿克梅主义之间,他的诗歌对古米廖夫、阿赫玛托娃、曼德里施塔姆、帕斯捷尔纳克等诗人都产生了影响。

和蓝菊的花朵。

哦，有人说过，心似顽石造，
也许我更清楚：它来自于烈火……
我永远不明白，你待我如此亲密
或者只是爱我一个。

　　　　　　　　　　1911 年 2 月 20 日

沿着林荫路牵过一群小马……

沿着林荫路牵过一群小马，
披散的马鬃像长长的浪花。
啊，使人心醉的城市充满谜语，
我如此忧伤，因为爱上了你。

奇怪地回想起：灵魂充满愁绪，
病危时胡言乱语，让我呼吸急促，
如今我变成了玩具，
就像我的朋友——玫瑰色的鹦鹉。

胸口不再被痛苦的预感憋闷，
也许，可以看一下我的眼睛。
我只是不爱日落时分，
不爱海上吹来的风，不爱听那句"走开"。

1911 年 2 月 22 日
皇村

我来到这里，无所事事……

我来到这里，无所事事，
对我来说哪都一样，无聊烦闷！
山岗之上磨坊昏昏欲睡。
岁月在此可以缄默不语。

枯萎的无根草上
一只蜜蜂轻柔地飞翔；
我在池塘边呼唤着美人鱼，
美人鱼已经死亡。

生满了铁锈色的水藻
宽阔的池塘，水面变浅，
激动不安的山杨上空
月亮轻盈，明光闪闪。

我发现一切都是新的。
杨树散发着温润的清香。

我不说话。默默无言,准备
重新化作你,土壤。

> 1911 年 2 月 23 日
> 皇村

老橡树沙沙作响,诉说着往事……①

老橡树沙沙作响,诉说着往事。
月光慵懒地慢慢扩散。
你那美妙的双唇
我从来没有幻想过去亲近。

浅紫的面纱遮掩苍白的额头。
你和我在一起。默然无语,忍受着病痛。
我想起你双手的纤柔,
手指冰凉,微微颤抖。

我这样默默地度过了许多沉重岁月。
相见时的拷问在所难免。
我早就知道你的回答:
我爱你,从来没有爱过别人。

1911 年 2 月

---

① 此诗以男性的口吻写成。

短歌

当太阳刚刚升起,
我就歌唱着爱情,
跪在小菜园里,
浇灌着滨藜。

我把它拔除,扔到一旁——
希望它把我宽恕。
我看见,一个赤脚的小姑娘
在篱笆边痛哭。

我害怕听到这不幸的声音,
这响亮的啼哭,
死亡的滨藜
散发出更加浓烈的温热香气。

面包将会被石头代替,
作为对我恶意的馈赠。

我的头上只有天空,
而与我相伴的是你的呼唤声。

> 1911年3月11日
> 皇村

我快疯了,哦,奇怪的男孩……

我快疯了,哦,奇怪的男孩,
在星期三,三点钟!
一只嗡嗡叫的大黄蜂
把我的无名指蜇疼。

我无意间按住了它,
我以为,它已经死了,
可它剧毒的蜂针
比纺锤还要尖利。

奇怪的男孩,是我在为你哭泣,
还是你的面庞在对我微笑?
看吧!我的无名指上
这枚光滑的指环多么漂亮。

1911 年 3 月 18—19 日
皇村

你重新和我在一起。啊,玩具男孩①……

你重新和我在一起。啊,玩具男孩!
我是否又会变得温柔,对你像姐姐一样?
布谷鸟隐藏在古老的钟表里。
它很快会探头张望,叫声:"时间到。"

我敏感地聆听着疯狂的故事。
只是你还没有学会沉默不语。
我知道,像你这样灰眼睛的孩子,
会快乐地生活,轻松地死去。

1911年3月
皇村

---

① 在俄语中,说人或物像玩具一样,有夸赞其精致、漂亮的意思。

流水之上

匀称健美的放牧少年啊,
你看,我在说着呓语。
我记得那件雨衣和手杖,
我正遭遇不幸。
如果我站起来——还会倒下去。
那支短笛轻唱:嘟——嘟!

我们分手了,好像在梦中,
我说过:"我等你。"
他笑着,回答我:
"我们会在地狱重逢。"
如果我站起来——还会倒下去。
那支短笛轻唱:嘟——嘟!

哦,磨坊的池塘里
是深蓝的流水,
不是因为痛苦,不是因为羞耻,
我向你走去。

我摔倒在地，没有叫喊，
而远方传来笛声：嘟——嘟。

1911年4月

森林里

四颗钻石——四只眼睛,
两只属于猫头鹰,两只是我的。
啊,故事的结局多么可怕,多么沉痛——
说的是,我的未婚夫死了。

我躺在茂密潮湿的杂草丛中,
说话声响亮而杂乱,
猫头鹰从高处傲慢地俯视,
我说的话,它都能清楚地听见。

云杉林浓密地环绕着我们,
它们的上面是天空,黑色的正方形,
你知道,你知道,他被人杀害了。
杀死他的是我的长兄……

不是因为血腥的决斗,
不是因为相互厮杀,也不是在战斗中,

而是在林间荒凉的小路上，
当我的恋人走来，正要和我相逢。

1911年4月

我哭泣过,也忏悔过……

我哭泣过,也忏悔过,
哪怕有雷霆在天空轰鸣!
忧郁的心疲惫不堪,
蜷缩在你荒凉的家中。
我熟知疼痛难以容忍,
熟知走回头路的耻辱……
我害怕,害怕去见不再爱的人,
害怕走进沉寂的房屋,
我衣着漂亮,向他鞠躬,
项链清脆作响;
他只是问道:"亲爱的!
你去哪里为我做了祈祷?"

1911 年春

高远的天空中云朵变得灰暗……

高远的天空中云朵变得灰暗,
如同松鼠皮慢慢铺展。
他对我说:"柔弱的雪姑娘,您的身体
会融化在三月,这没什么可惜!"

松软的暖袖里我的双手冻冷。
我有些害怕,不知为何心神不宁。
哦,如何召回你们,飞快的一星期,
和他轻盈而短暂的爱情!

我不想痛苦,也不想报复,
就让我随最后一场白色暴风雪死去。
一月的时候我还是他的女友。
洗礼节前夕我就预测到了这种结局。

1911 年春
皇村

心不会和心锁在一起……

心不会和心锁在一起,
如果你想——尽可离去。
太多的幸福早已
为路上自由来去的人准备就绪。

我不会哭泣,也不会抱怨,
我注定不能成为幸福的女人,
请不要吻我,我已疲惫不堪,——
亲吻我的只应是死神。

这些锐利的折磨人的日子
与苍白的冬季一起熬过。
可为什么,为什么
你比我的意中人还要出色?

1911 年

我和你开心大醉,意兴酣然……

我和你开心大醉,意兴酣然——
而你说的那些话毫无意义。
榆树上,早来的秋天
挂满了黄旗。

我们二人误入了
欺骗的国度,痛苦而懊恼,
可是,为什么我们还要
奇怪僵硬地强颜欢笑?

我们想用可怜的痛苦
来替代平静的幸福……
而对头脑不清、身体虚弱的朋友,
我不会弃之不顾。

1911 年 5—6 月
巴黎

昏暗的草棚下闷热可怕……

昏暗的草棚下闷热可怕,
我强颜欢笑,内心却在愤恨地哭泣。
老朋友低声劝我:"别说丧气话!
否则我们旅途中不会顺利!"

而我对这位老友并不相信。
他荒谬可笑,双目失明,生活贫苦,
自己全部的一生
都在用脚步丈量漫长枯燥的道路。

我的声音时断时续,清脆响起,
嗓音洪亮,不知幸福为何物:
"啊,旅人的行囊空虚,
明天将会阴雨连绵,饥肠辘辘!"

1911 年 9 月 24 日
皇村

最后一次相见之歌

胸房无助地冰凉,
可我的脚步却变得无比轻畅。
我把左手的手套
戴在了右手上。

感觉像是有无数道台阶,
可我清楚——它们只不过三级!
槭树间传来秋天乞求般的
低语:"请和我一同死去!

我被自己沮丧的、
变幻无常的邪恶命运蒙蔽。"
我回答:"亲爱的,亲爱的!
我也一样。我要和你死在一起……"

这是最后一次相见之歌。
我朝黑暗的房子看了一眼。

那里只有卧室的蜡烛

还在闪烁着冷漠昏黄的火焰。

       1911 年 9 月 29 日
        皇村

一个男孩,吹弄着风笛……

一个男孩,吹弄着风笛,
一个女孩,编织着花环,
森林中有两条交叉的小径,
遥远的田野上有颗遥远的星星,——

我看着这一切。我记住这一切,
并把它们珍藏在心底。
只有一件事情我永远都不明白
甚至再也不能想起。

我不祈求智慧,也不祈求力量。
哦,只求让我在火堆旁取暖!
我好冷……那有翅膀的或没翅膀的
快乐之神,从来不把我探望。

       1911 年 11 月 30 日
       皇村

新月初升时……

新月初升时,我亲爱的朋友
抛弃了我。竟是如此的结局!
他开玩笑说:"走钢丝的舞蹈家!
看你如何活过五月去?"

我回答他,像回答自己的兄弟,
我,不抱怨,也不嫉妒,
可是我的损失用四件崭新的外衣
也无法弥补。

任凭我的前途凶险,可怕,
任凭痛苦的道路更加恐怖……
看我的中国小伞多么美丽,
擦着白粉的小鞋多么老于世故!

乐队演奏着快活的乐曲,
我的嘴角也流露出笑意。

可是我的内心知道,内心知道,
第五包厢一片空寂!

       1911年11月
        皇村

爱情用普通的、不太熟练的歌声……

爱情用普通的、不太熟练的歌声
欺骗地将我们征服。
就在不久以前,
你还不是头发斑白,神情忧郁。

可是当她微笑着
站在你的花园,房子中和田野里,
让你觉得在任何地方
都无拘无束,自由惬意。

当你被她征服,饮下她的毒酒,
你是多么幸福。
你看那些星星要比平日硕大明亮,
那些野草,那些秋天的野草
散发出非比寻常的芬芳。

1911 年秋

皇村

人们仿佛用沉重巨大的锤子……

人们仿佛用沉重巨大的锤子,
敲击着我柔弱的胸膛。
哪怕是用明亮的黄金赎买,——
我只想长舒一口气,只一次!
我多想从靠枕上抬起身,
再去看一眼宽阔的池塘,
再去看一眼,云朵飘荡在
灰蓝色云杉林的上空。
我将接受这一切:痛苦与绝望,
甚至于怜悯的刀锋。
只是请别把自己忏悔的
沾满灰尘的披风,盖到我的脸上。

1911年秋

丈夫用花纹皮带抽打了我……

丈夫用花纹皮带抽打了我,
他把皮带两头对折在一起。
为了你,整个晚上我独守孤灯
坐在关紧的小窗里。

天光渐亮。铁匠铺的上空
升起缕缕青烟。
唉,和我这个悲惨的囚徒,
你又不能多待上几天。

为了你,我接受了沉闷的命运,
接受了痛苦的命运。
莫非你爱的是浅色头发的女人,
或者是棕红头发的女人?

教我如何掩盖起你们,响亮的呻吟!
心里是莫名而窒闷的醉意,

纤柔的月光

笼罩我的床被,上面没一丝皱纹。

1911年秋

断章

……不知是谁,掩藏于树木的暗影里,
弄得落叶沙沙作响,
他叫喊:"情人对你都干了些什么,
都干了些什么,你的情人!

你的眼睑沉重,
好像打翻了黑色黏稠的墨汁。
他把你出卖给了
爱情投毒者的痛苦与郁闷。

你早就不再计算那些刺痛的话语——
锋利的针尖下胸怀已然死寂。
你没必要尽力让自己快乐——
对你来说,活着躺进棺材更加容易!……"

我对侮辱我的人说:"他狡黠,他黝黑,
没错,但他没有你的无耻厚颜。

他平和,他温情,他对我忠实可靠,
他会爱我直到永远!"

          1911年

失眠

不知哪里传来几只猫的哀鸣,
我捕捉着来自远方的脚步声……
你的话真是不错的催眠曲:
因为它们,我已两个多月无法入梦。

失眠,你又一次,又一次与我相伴!
我熟悉你那毫无表情的面容。
说什么美女,说什么不道德的女人,
难道我给你唱得确实难听?

窗子上挂着白色的布帘,
流淌下一缕缕浅蓝色的光线……
我们是否为远方的消息感到欣慰?
为什么我和你能如此轻松相伴?

1912 年年初

皇村

眼睛哀求着人们口下留情……

眼睛哀求着人们口下留情。
当他们在我的面前
说出那个亲切的、响亮的姓名,
我该拿他们怎么办?

我漫步在原野间的小路上,
灰色的原木在路边堆积。
轻柔的微风自由地吹拂,
像春天般清新,时断时续。

痛苦的心灵倾听着
远方的秘密消息。
我知道:他还活着,他还在呼吸,
他会变得不再忧郁。

> 1912年年初
> 皇村

请你相信,不是毒蛇尖利的信子……

请你相信,不是毒蛇尖利的信子,
而是痛苦,饮尽了我的血液。
白茫茫的原野上我长成了安静的姑娘,
我用小鸟般的啼叫呼唤爱情。

别的道路早已对我关闭,
我的王子端坐于高椅。
我是否欺骗过他,是否欺骗过?我不知道!
我只能靠谎言在尘世安居。

忘不了,他来与我道别。
我没有哭泣:这是命。
我占卜,希望深夜与王子梦中相见,
而我的占卜也无能为力。

是否因为我被关在重门之外,
他的梦境才安详而平静?

还是因为早有明眸善睐、温情的美人鸟①,

在为王子演唱歌曲?

1912 年 2 月 27 日

---

① Сирин,直译为西灵鸟,意为美人鸟,俄罗斯神话传说中的神鸟,是掌握着阴暗力量的鸟,为美人头、鸟身。此鸟的叫声会让人忘记尘世的一切,并很快带来厄运,甚至死亡。

这里的一切，一切宛若从前……

这里的一切，一切宛若从前，
这里好像连幻想都是枉然，
在家中，那条无法通行的大道边，
该早早地把栅栏门关严。

我安静的房子空旷而阴暗，
它用一只窗子眺望着森林，
在那里，不知谁被从绞索中卸下，
后来死者还不停地被人们责骂。

他曾经那么忧郁，或者暗暗快乐，
只有死亡——才是他最大的欢喜。
在沙发椅被磨破的红色长毛绒上
偶尔还会闪现一下他的身影。

就连布谷时钟也在深夜异常兴奋，
大家都听见了他们清晰的交谈声。
我从墙壁的缝隙中窥视：盗马贼们

在山岗下燃起熊熊的篝火。

还有那预言而至的阴雨,
低低地,低低地笼罩着小屋。
我不害怕。为了幸运我系上
一条深蓝色的丝绸细带。

1912 年 5 月
佛罗伦萨

人们祈祷过,为贫穷的,为忧伤的……

人们祈祷过,为贫穷的,为忧伤的,
为我鲜活的心灵,
你,永远自信地走在自己的路上,
看见窝棚里透出的光明。

我为你忧伤,对你心存感激,
以后我会告诉你,
狂热的夜晚如何把我折磨,
清晨如何呼吸寒冰一样的气息。

这一生中我看到的事物不多,
我只会歌唱和等待。
我知道,我从来没有憎恨过兄弟,
也从来没有把姐妹出卖。

可为什么上帝要惩罚我,
每一天,每一分钟?

或许这是天使为我指出了
我们看不见的光明?

1912年5月
佛罗伦萨

我变得很少梦见他了,谢天谢地……

我变得很少梦见他了,谢天谢地,
他也不再随处隐约可见。
白色的道路上笼罩了雾气,
重重阴影疾行于水面。

在翻耕过的辽阔大地上
那些声响整个白天都未曾沉寂,
此处远离圣约纳①,
而大修道院的钟声响得更为洪亮。

我在修剪一丛丛丁香
那些枝杈,如今繁花已然凋落;
沿着古老堡垒的围墙
有两位修士缓缓地走过。

亲爱的世界,对于盲目的我,

---

① 此处可能指乌克兰基辅市的约纳圣三一修道院。

你是合理的，物质的，请赐我以活力。
而上帝用厌弃的冷酷的宁静
把我的灵魂慢慢治愈。

1912 年 5 月 17 日之后
基辅

怎么会在我乌黑的辫子里……

怎么会在我乌黑的辫子里
扎进一绺银灰色的头发,——
嗓音不佳的夜莺,只有你,
才会理解这种痛苦。

你飞上爆竹柳纤细的枝头,
灵敏的耳朵倾听着远方的消息,
如果有陌生的歌曲响起,
你就羽毛直立,凝视着——屏住呼吸。

可就在不久以前,不久以前,
四周的白杨树默然伫立,
你还令人厌恶地高歌,啼唤,
你那不可言传的欢愉。

1912 年 10 月 22 日

请来看看我吧……

请来看看我吧。
快来吧。我活着。痛苦不堪。
这双手谁也无法焐暖。
这双唇说:"受够了!"

每天黄昏人们把我的摇椅
移到窗前。我眺望着那些道路。
哦,你啊,我是否该责备你,
因为这些日子不安的苦楚!

在尘世没什么值得我恐惧,
即便面色苍白,呼吸沉重。
只害怕夜深人静时,
我会在梦中看到你的眼睛。

1912 年 11 月

圣像下是擦破的小地毯……

圣像下是擦破的小地毯,
冰冷的房间,一片昏暗,
深绿色的常春藤
稠密地环绕着宽敞的窗扇。

玫瑰散逸出甜蜜的芬芳,
长明灯哔啵作响,微微闪亮。
那些有着缤纷图案的小匣子
是艺人爱抚的妙手绘制。

窗户旁的绣架泛着白光……
你的侧影精美而又无情。
你把被亲吻过的手指
厌恶地藏在手帕下。

心脏开始可怕地跳动,
如今充满了难言的忧郁……

零乱的发辫里还飘散着

一丝隐约可闻的烟草气息。

       1912年11月14日

你给了我沉重的青春……

你给了我沉重的青春。
那么多的忧伤都在路上。
我该如何把这颗贫弱的灵魂
赠给富有的你?
谄媚的命运,高唱着
一首关于荣耀的悠长歌曲。
上帝啊!我如此懒散,
我是你吝啬的奴隶。
在天父的花园里,我既不想
成为玫瑰,也不想做小草。
面对每一粒微尘,蠢人的每一句话,
我都会轻轻战栗。

1912 年 12 月 19 日(夜)

致米·洛津斯基[①]

沉重的,琥珀色的白昼——持续着漫无尽头!
多么难以言传的忧郁,多么徒劳的等待!
兽栏中又传来银色的鹿鸣,
倾诉着对北极光的热爱。

而我相信,总会飘落冰凉的雪花,
总会有湛蓝的圣水,来拯救乞丐和病痛,
在远方古老的钟声里,
总会有一辆辆小雪橇摇晃着前行。

1912年

---

① 米哈依尔·洛津斯基(1886—1955),俄罗斯诗人。曾加入阿克梅派,与曼德里施塔姆、阿赫玛托娃、古米廖夫关系密切。编辑《阿波罗》杂志。

我奄奄一息,被不朽煎熬不已……

我奄奄一息,被不朽煎熬不已。
一朵灰暗的阴云垂得很低……
哪怕有一群红色赤身的魔鬼也好,
哪怕有一桶臭气熏天的焦油也好!

请爬到我的身边来吧,施展诡计,
这些威胁来自于陈腐书卷,
只恳请为我保留下记忆,
我只要那最后一瞬间的记忆。

但愿你不以陌生人的面目
出现在痛苦的队列中,
为了欢笑,也为了理想,
我准备用百倍的代价补偿。

死亡的时刻,他俯下身来,

让我饮下透明的升汞①。
而众人来到后,他们将埋葬
我的肉体,和我的声音。

        1912年
        皇村

---

① 又名氯化汞,白色结晶性粉末,剧毒。

蓝色的光泽在天空变得暗淡……

蓝色的光泽在天空变得暗淡,
隐约听得见陶笛的旋律。
这不过是一支泥土做的短笛,
对它不值得有所抱怨。
谁向它说过我的罪过,
它为何要把我宽恕?……
或许这声音是在重复
你为我写下的最后诗歌?

1912 年

还在说着的电话……

她把还在说着的电话
放回了原处,
她好像觉得这次生命
本不应领受,本不该长久,
而与之最相配的——那痛苦
仿佛属于他人。啊!
电话里的那些交谈……

1912年?

在这里我们都是酒鬼,荡妇……

在这里我们都是酒鬼,荡妇,
在一起我们多么忧愁,烦闷!
那墙壁上的鲜花和群鸟
沉迷于天上的流云。

你叼着黑色的烟嘴儿,
奇怪的烟雾在它的上空缭绕。
我穿着窄瘦的连衣裙,
为了让身段显得更加苗条。

所有窗子被永远紧闭:
管它外面是什么,雾凇还是暴雨?
你那一双眼睛啊,多像
猫咪的眼睛,小心而警惕。

啊,我的心灵多么痛苦!
是否在等待死亡时刻的降临?

而那个女人,正在翩翩起舞,
注定也要进地狱之门。

1913年1月1日

亲爱的女人总有那么多请求……

亲爱的女人总有那么多请求!
不再爱的女人却一个都没有。
我多么高兴,如今无色的冰面下
河水渐渐停止了奔流。

而我就要站上——愿基督保佑!——
这透明易碎的冰层,
请你珍藏起我的书信,
让后世子孙来评判我们的友情。

让他们更清楚、更明白地
了解你,了解你的聪慧和勇敢。
在你辉煌的传记里
难道可以留下空白的片断?

尘世的酒浆实在甘美,
爱情的罗网足够严密。
希望孩子们有朝一日

能从课本中读到我的名字,

但愿他们能读懂我忧伤的故事,
脸上浮现出调皮的笑意……
你没有赠给我爱情和安宁,
那就请赐予我痛苦的荣誉。

1913年2月

心慌意乱

1

炽热的阳光令人烦闷,
而他的眼神——光芒灼人。
只是我在微微颤抖:他
可以让我变得温情柔顺。
他俯下身来——要对我说些什么……
我的面颊蓦然失去了血色。
但愿爱情像一块墓碑
横亘于我的生活。

2

你不爱我,不想看我?
啊,你多么英俊,该死的!
可我却不能飞翔,
尽管我从小就长着翅膀。
迷雾遮蔽我的视线,
那么多事物和面孔混作一团。
只有一朵鲜红的郁金香,
插在你上衣的纽扣儿上。

3

就像出于普通的礼貌,
他微笑着,走近我,
半是温情,半是懒散,
用双唇吻了一下我的手——
如同瞻仰神秘而古老的圣像,
用目光仔细把我端详……
十年的慌乱,十年的呼喊,
以及我的所有失眠的夜晚
都汇入了一句平静的话语,
我告诉他——一切都是枉然。
你离我而去,而我的心灵
重又变得空旷和安详。

1913 年 2 月

人们没有提着灯笼……

……人们没有提着灯笼
走下台阶出门相迎。
在微弱的月光下
我走进了一座寂静的王宫。

站在绿色的灯光下，
朋友脸上是不自然的笑容，
他悄声说道："灰姑娘，
你的声音多么美妙动听……"

壁炉里的火焰渐渐熄灭；
蟋蟀的鸣叫烦躁不安。
啊！我的那只水晶小鞋，
不知谁拿去做了纪念。

他还赠给我三朵石竹花，
甚至眼皮都没有抬起。
啊，这可爱的赃物，

我该把你们藏匿在哪里?

而我的心痛楚地相信,
近了,那个期限很快近了,
他会千方百计来测量
我那只水晶小鞋的尺寸。

        1913年2月

漆黑的道路曲折蜿蜒……

漆黑的道路曲折蜿蜒,
空中细雨蒙蒙,
有个人请求
稍稍送我一程。
我答应了他,可是忘记
看一眼他的面孔,
而随后回想起这段路途,
心中还充满恐惧。
雾气飘荡,仿佛
千万只香炉吐出烟雾。
旅伴不停地哼唱着小曲,
刺痛了我的心。
我记得古老的大门
和道路的尽头——
在那里同行的人
对我说:"别了……"
如同亲兄弟,他把
一枚铜十字架放到我的手里……

从此,我到处都听得见
那支草原牧歌的旋律。
哦,我身不由己,坐立不安——
时而思念,时而哭泣。
回来吧,我陌生的旅伴,
我在寻找着你。

1913 年 3 月

晚上

音乐声回荡在花园里,
饱含着一种难以言表的苦痛。
盘子里冰冻的牡蛎
散发出大海新鲜而浓烈的咸腥。

他对我说:"我是你忠诚的友人!"
然后贴近了我的衣裙。
这双手臂的轻轻触碰,
一点儿都不像恋人间的相拥。

人们就是这样抚摸小猫或小鸟,
就是这样打量苗条的女骑手……
在他轻佻的金色睫毛下
平静的目光里偶尔闪过一丝微笑。

小提琴凄婉的旋律
随着弥漫的雾气四处飘荡:

"感谢上苍的赐予——

这是你初次单独与恋人相聚。"

1913年3月

你前来安慰我,亲爱的……

你前来安慰我,亲爱的,
你是最柔情,最温和的那一个……
我没有力气从枕头上起身,
窗上的铁条如此紧密。

你以为,看到的将是我的尸体,
就带来一个花圈,粗陋无比。
你用微笑刺痛了我的心,
时而温柔,时而嘲弄,时而忧郁。

现在我遭受的垂死折磨算得了什么!
如果你还想和我在一起,
我便会向上帝乞求
宽恕所有你爱过的人,也宽恕你。

1913 年 5 月
彼得堡,克列斯托夫斯基岛

我什么也不会告诉，什么也不会说出……

我什么也不会告诉，什么也不会说出。
我只会俯下身，默默地望着窗口。
有次人们带我去了教堂，
和谁去的——不知道。但记得——是很久以前……

从我的窗口看得到红色的烟囱，
烟囱上空是一团团轻盈的烟雾在升腾。
我闭上眼睛。一双温柔的嘴唇
把我的睫毛轻轻触动。

那不是梦境，热恋时慌乱的安慰者，
也不是微风安静的问候……
这是——受伤者紧张地注视着灵魂，
那伤口，一如从前，清晰，鲜明。

1913 年 7 月

我温顺地猜想……

我温顺地猜想
那双灰色眼睛中的形象。
我在特维尔大街独居,
时常忧伤地想起你。

在涅瓦河的左岸,做了
那双美手的幸福俘虏,
我的出色的同时代人啊,
你的梦想终于得以满足。

你命令我:够了,
试试吧,去杀死自己的爱情!
我变得虚弱,优柔寡断,
而它越来越强烈地嗜血。

如果我死去,谁会
给你写下我的诗句,

谁会帮我把那些未表白的情感
变成美妙动听的话语?

1913年7月
斯列普涅沃

最后一封信

啊,我粗心的旅伴,
我的爱吃醋、易慌乱的朋友,
你没有跟随我来到此地。
九月,忧愁和寒冷,
却不可能返回
那神秘莫测的城市——
它们是两座,一座与另一座
拥有同样的冷峻之美
都享有神圣的记忆,
都令你的微笑高贵无比。
你让人厌恶,任性,
可不知为什么却又比别人可爱。
在这里,我难以忍受苦闷,
手拿象牙念珠做着祈祷
我清楚地知道,午餐时
我的邻居会来做客。
想想吧,日复一日,
雪花飞落,在傍晚前融化,

我的希望随最后一只白鹤

远走高飞。

邻居已经习惯了我的忧愁,

他自己也时常叹息:

"对不起,我感到忧郁,苦闷。"

实际上,他正沉迷于爱情。

花园里,伴着卡累利阿桦树①的沙沙声

我梦想着皇村岁月,

梦想着那些长久的争论,梦想着诗歌

和使人迷醉的双唇。

我感觉被一只胳膊肘儿牵着手

带回家中

我会重新听到,说不能

再与我分离;

是因为怎样可怕的罪过

我要遭受这种寂寞的惩罚?

当壁炉在客厅中熊熊燃烧

我身姿健美的客人并不急于

登上四轮马车离去,

他仿佛回想起什么,

眼睛不眨地凝望着火焰,

---

① 卡累利阿是俄罗斯联邦的一个自治共和国,位于俄罗斯西北部,那里生长着一种木纹极美的名贵桦树,即"卡累利阿桦树"。

而我喜欢回想起……
朋友们，你们已经看厌了
我的神龛空空荡荡，
每个人都把自己新的女王
领进黄金的大门。
而你，当然，动作比任何人都迅速，
你的意中人比其他人
都要忠贞；很快神香
就会自由地飘散到她的脚下……
那时请回忆起这唯一的时刻，
黄昏遥远的时刻，
天鹅忧伤的啼鸣，
还有我告别时的眼神。
我再也不需要什么了——
对我来说这是必然的快乐。

1913 年 9 月 8 日

斯列普涅沃

男孩对我说:"这多么痛苦!"……

男孩对我说:"这多么痛苦!"
他真是让人可怜。
前不久他还是那么心满意足,
只是听人说起过哀愁。

可如今他知道了所有事情,
并不次于英明、年长的你们。
他那双明亮的眼瞳,
仿佛也已经变得暗淡无神。

我知道,他不能战胜自己的痛苦,
不能战胜初恋的不幸痛苦。
他那样无助,渴求而热切地
抚摸着我冰凉的双手。

1913 年 10 月

那个口齿不清的赞美我的人……

那个口齿不清的赞美我的人
还在舞台边缘转来转去。
逃离灰色的烟雾和暗淡的火光,
我们所有人,当然,是满怀欣喜。

但有一个问题在混乱的话语中被激起,
为什么我没有成为爱情的明星,
那张残忍失血的脸在我们的上空
被可耻的疼痛扭曲。

爱我吧,想我吧,并为我哭泣。
上帝面前所有痛哭的人不是平等吗?
别了,永别了①!刽子手把我带走,
正踏上凌晨蓝色的旅途。

1913 年 11 月 16 日

---

① 有版本此处为:"我梦见……"。

您用细小工整的笔画写信,丽斯……

——致格奥尔基·伊万诺夫①

您用细小工整的笔画写信,丽斯

不再是给女友,也不是给年老的姨妈。

一群鸽子飞到屋檐之上,

阳光在露台的栏杆上戏耍。

我再次找到了您的窗口

它就在花环之下,穿插着长长的枝条。

秋天的花园多么美好!

沉醉于爱情的人们多么美好!

黄色的太阳闪耀着光芒,

黄色的裙子在窗口闪亮……

---

① 格奥尔基·伊万诺夫(1894—1958),俄罗斯白银时代诗人,20世纪俄罗斯侨民诗歌最重要的代表之一。

我知道——如果我敢于向她鞠躬致意，
她也永远不会把我原谅。

1913 年 11 月

我有一个微笑……

我有一个微笑:
像这样,可见稍稍翘起的唇角。
为了你,我把它珍惜——
要知道是它把爱情赠予我。
无所谓,即使你无耻而邪恶,
无所谓,即使你爱着别的姑娘。
我的面前是金色的读经台,
我的身边是灰眼睛的新郎。

1913 年 11 月

天主教堂高耸的拱顶……

天主教堂高耸的拱顶
比苍穹还要蔚蓝……
请原谅我,快乐的男孩儿,
我给你带来了死亡——

因为那从小圆广场采来的玫瑰,
因为你那些愚蠢的来信,
还因为你粗鲁和黝黑的肤色,
为爱情不安而苍白的面孔。

我觉得,这都是你故意——
你希望快些成长。
我觉得,不能爱懒散
有恶习的女人,做自己的新娘。

然而一切都显得徒劳无益。
当严寒来临,
你已在冷静地追随着我

无论何时，无论何地，

你好像是在复制着
我不喜欢的模样。请原谅！
为什么你接受了
这条苦难路途的诺言？

死神抓住了你的双手……
请告诉我，后来结果如何？
我不知道，在蓝色的衣领下
我的咽喉显得多么脆弱。

请宽恕我，快乐的男孩儿，
我倍受折磨的小猫头鹰！
今天，从天主教堂出来，
我如此艰难地回到家中。

1913 年 11 月
皇村

用经验替代智慧……

——致瓦·谢·斯列兹涅夫斯卡娅

用经验替代智慧,恰似
一杯清淡、不能解渴的酒。
而曾经的青春——像礼拜日的祈祷……
让我怎能把它忘掉?

和我不爱的人
走过了多少荒凉的道路,
而为了爱我的人
在教堂里做过多少应分的祈福……

我变得比所有健忘者都更健忘,
岁月如水安静地流动。
永远都不会再还给我
那没被亲吻的双唇,不爱笑的眼睛。

1913 年秋

皇村

1913年12月9日

一年中最黑暗的日子
应该变得明媚。
你的双唇如此温情——
我竟找不到比喻的词汇。

呵护着我的生活，
只是不许你抬起眼睛。
它们比初开的紫罗兰还明亮，
对我来说却无异于死亡。

我瞬间明白了，什么也不用说，
冰雪覆盖的树枝断落在地……
捕鸟的罗网
已经在河岸上张起。

1913年12月
皇村

你不要把真正的柔情……

你不要把真正的柔情
随便和什么搞混,它是如此安宁。
你用不着怜爱地把皮大衣
裹住我的双肩和前胸。
你也没有必要用温顺的话语
说起第一次爱情。
我是多么熟悉
你这执着而又贪婪的眼神!

1913 年 12 月

皇村

我和你不再共饮美酒……

我和你不再共饮美酒,
因为啊,你这个男孩实在顽皮。
我知道——撞见过你随便和谁
在月光下接吻。

而我们之间——相安无事,
感谢上帝。

而我们之间——不用命令
就会抬起明亮的眼睛。

1913 年 12 月

夜晚高烧,清晨萎靡……

夜晚高烧,清晨萎靡,
噼啪干裂的双唇渗出血的味道。
这就是它——那最后的疲倦,
这就是那——靠近荣耀王国的门前。

整个白天我从小圆窗向外张望:
那片变暖的院墙泛着白光,
小路上长起了滨藜,
我多想去走一走——该是何等快意。

希望沙子窸窣有声,刺猬的爪子——
那黑色潮湿的小爪子——簌簌作响,
希望在深蓝色的运河中
再次看见月亮模糊破碎的闪光。

1913 年 12 月

我离开你白色的房子和寂静的花园……

我离开你白色的房子和寂静的花园。
让生活从此变得荒凉和明亮。
你啊,我会在我的诗中赞美你,
就像女人不能做祷告一样。
你记得亲爱的女伴,
在你为她的眼睛建造的乐园,
而我出售的商品人世少有——
那是你的爱情与温柔。

1913 年冬
皇村

哦,这是寒冷的一天……

哦,这是寒冷的一天,
在神奇的彼得罗夫市!
晚霞犹如深红色的篝火,
阴影缓缓地变得浓密。

你只是碰了一下我的前胸,
恰似诗人拨动了竖琴,
你希望听到简洁的回答,
说出那声苛求的"爱!"

你不该看到我的眼睛,
它们能预见未来,忠贞不变。
但你会捕捉一行行诗句,
还有我傲慢的唇吻上的祈祷。

1913 年冬
皇村

我曾这样祈祷……

我曾这样祈祷:"请消除
我暗中写诗的渴望!"
可是,没有离开大地的世俗,
也没有获得解放。

就像祭祀时的青烟,它不能
飘向权力和荣耀的宝座,
而只能在大腿边盘旋,
祈祷似地亲吻小草,——

上帝啊,我这样俯身以额触地:
上天的火焰是否能
触及我紧闭的睫毛
和我不可思议的寂静?

1913年冬
皇村

回信

当一弯新月升起
我再次点燃六支蜡烛。

——鲍·萨多夫斯科伊①

我收到了您的信,
不相信那些温柔的话语,
一边读信,一边望着窗间的镜子,
对您和自己都惊讶不已。

辽阔的阳光涌进窗口
散发着冬日的气息……
我知道,您是位诗人,
就是说,我们有相同的志趣。

多好啊,在这个世界上

---

① 鲍里斯·萨多夫斯科伊(1881—1952),俄罗斯白银时代诗人、作家、文学评论家。

有一弯新月,还有六支蜡烛
被您燃起。

请想一想我吧,
我生活在陷阱里,
一直害怕那些意外的相遇。

1913 年

送朋友来到前厅……

送朋友来到前厅。
我站于金色的光尘里。
从隔壁的钟楼上响起
一阵阵庄严的钟声。
你被抛弃了!这臆想出的话语——
难道我是一朵花,一封信?
而目光已坚定地
注视着窗间渐暗的穿衣镜。

1913 年
皇村

在这座房子里散发出……

在这座房子里散发出
花草和陈设的迷人芳香。
那些蔬菜,五颜六色,
在一排排菜畦的黑土中生长。

冷风还在缓缓流动,
但粗草席已然从温床上撤去。
那里还有一片池塘,那么美的池塘,
池中的水藻像锦缎一样。

有个小男孩,心怀恐惧,
他十分紧张地小声告诉我,
里面住着一条大公鲫鱼,
还有一条大母鱼和它共同生活。

1913年

每天你都滋生新的不安……

每天你都滋生新的不安,
成熟的黑麦吐散着越发浓郁的芬芳。
如果你甘愿俯身在我的脚下,
温柔的人啊,就请躺在我的身旁。

黄鹂在辽阔的槭树林中啼鸣,
直到夜深什么都不能使它们安静。
我喜欢从你绿色的眼睛里
驱赶走那一只只快乐的黄蜂。

大路之上铃声叮当——
我们永远记得这轻快的声音。
为使你不再哭泣,我为你歌唱,
我唱的是一曲"离别的黄昏"。

1913 年

身体变得多么可怕……

身体变得多么可怕,
痛苦的嘴唇多么苍白!
我不希望就这样死去,
我没有指定这个日期。
我仿佛觉得,高空的某个地方,
乌云在撞击着乌云,
闪电飞驰的火光,
巨大的欢乐的声音,
像一个个天使向着我飞临。

1913 年

脖颈上挂着一串细小的念珠……

脖颈上挂着一串细小的念珠,
双手藏在宽大的暖袖里,
眼睛漫不经心地四处环顾,
它们永远不会再痛哭流涕。

这件雪青色的绸衫
让我的面孔显得愈发苍白,
我的额发没有烫卷
它们几乎触到了我的眉梢。

不像以前那样飞翔,
我的步履变得多么迟缓,
双脚如同踏着木排,
而不是方块的镶木地板。

失血的嘴唇微微张启,
不均匀的呼吸如此吃力,

而没有等到约会的这束鲜花,

在我的胸前轻轻战栗。

1913 年

客人

一切恍若从前：细碎的暴风雪粒
敲打着餐厅的窗子，
我并非是新来乍到，
有个人走到了我身边。

我问："你想怎么样？"
他说："愿和你一起下地狱。"
我笑了起来："啊，也许，你这是
预言我们二人不幸的未来。"

但是，他抬起干瘦的手，
轻佻地碰了碰那些花：
"告诉我，别人怎样吻你，
告诉我，你又是怎样吻别人。"

那双暗淡无神的眼睛，
紧紧盯住我的戒指，
那张纯净不祥的面孔上的肌肉

纹丝不动。

哦，我知道，紧张而强烈地知道，
他的乐趣就是——
他什么都不需要，
我没有什么理由可以拒绝他。

> 1914年1月1日

他用木炭在我的左肋……

他用木炭在我的左肋
标出射击的位置,
想要把我的痛苦——那只小鸟,
再次放飞到荒凉的夜晚。

亲爱的!你的手不要颤抖,
而我忍受的时间也不会太长。
我的痛苦之鸟飞走后,
它会立在枝头,放声歌唱。

但愿那个平静的人,正在自己家中,
他打开窗子后,说:
"这声音真熟悉,却一句也听不懂",——
随后,便垂下了眼睛。

1914 年 1 月 31 日
彼得堡

当我们最后一次相见……

当我们最后一次相见,
是在经常约会的堤岸边。
涅瓦河里的流水高涨,
城里人都在担心洪水泛滥。

他和我说起了夏日,说起
一个女的要当诗人——简直荒唐可笑。
我记住了巍峨的皇宫
和彼得罗巴甫洛夫斯克的城堡!——

后来,空气完全不再属于我们,
而像是上帝的恩赐——这般奇妙。
就是在那一刻,从全部疯狂的诗歌中,
他献给了我最后一首。

1914 年 1 月

哪里都没遇到自己的爱人……

哪里都没遇到自己的爱人:
徒劳地走过了那么多国家。
返回后,我回答天父:
"是的,天父!——你的大地真是美丽。

蔚蓝色的大海爱抚我的身体,
懒洋洋的小鸟响亮地鸣啼。
而在我的祖国,一场青霜的抚慰
会让深色的发辫立刻变得花白。

而在那偏僻的静修院,修士们
用悠长、精妙的祈祷文做着祷告……
我知道,当大地破碎不堪,
你用忧郁的眼神凝视着下面。

上帝啊,我履行了你的约言
愉快地回应了你的召唤,

我记住了你大地上的一切,

只是在哪里都没遇到自己的爱人。"

1914年3月

他没有痛打,没有诅咒,没有背叛……

他没有痛打,没有诅咒,没有背叛,
只是不再凝视我的双眼。
在寂静的房间里
他向神像述说自己阴暗的羞惭。

他声音低沉,全身弯曲,
一双白皙的手,动作虔诚无疑……
啊!不知什么时候他会掐死我,
在睡梦中让我窒息。

1914年4月26日

回答

——致瓦·阿·科马罗夫斯基伯爵[①]

四月安静的一日给我带来
多么奇怪的话语。
你知道,在我体内还存活着
激情可怕的那一个星期。

我没有听见那些叮当声,
它们沉浸在纯净的糖衣里。
那七天时而发出红铜的哗笑,
时而溢出白银的哭泣。

而我,捂住我的面孔,
恰似面对永世的别离,

[①] 瓦西里·阿列克谢耶维奇·科马罗夫斯基(1881—1914),俄罗斯白银时代诗人。1908年与古米廖夫、阿赫玛托娃相识。他的创作直接影响了阿赫玛托娃和曼德里施塔姆。

我躺下来,等待着它,
那还未曾命名的痛苦。

1914 年 4 月
皇村

我不需要小小的幸福……

我不需要小小的幸福,
送走满足而又疲倦的丈夫
去会情人,
我哄着孩子上床入睡。

我要重回冰冷的房间
向着圣母祈祷……
这修女般的生活太难,太难了,
难得有一次欢笑。

只希望在火焰般的梦中,
我好像走进一座山间的教堂,
它有五个圆顶,通体洁白,石头筑成,
耸立在熟悉的小路旁。

1914 年 5 月

彼得堡

你本来可以少些梦见我……

你本来可以少些梦见我,
要知道我们经常见面,
但你忧郁,不安,温柔,
只是静坐于黑暗的圣殿。
你双唇的可爱奉承
比六翼天使的赞美还要甜蜜……
哦,在那里你不会混淆我的姓名,
不会发出叹息,像在这里。

1914 年 6 月 29 日

白夜

天空是可怕的苍白色,
而大地如同煤炭和花岗岩。
这枚枯瘦的月亮下,
已没有什么事物散发光线。

一个女人的声音,嘶哑而充满激情,
她不是在歌唱——是在叫,在喊。
我的上空不远是黑色的白杨
没有一片叶子沙沙作响。

是否为此我才吻了你,
是否为此我才爱着,倍受痛苦,
为了现在平静而疲惫地想起你,
心中怀着深深的厌恶?

1914年6月7日
斯列普涅沃

私奔

——致奥·亚·库兹明娜－卡拉瓦耶娃①

"要是我们能跑到天涯海角多好,
我亲爱的!"——"别出声……"
我们走下台阶,
喘息着,寻找着钥匙。

绕过那栋建筑,从前我们
曾在那里跳舞,畅饮美酒,
我们绕过元老院白色的廊柱,
如今那里漆黑,漆黑一片。

"你在干什么,简直是疯了!"
"不,我只是爱你!
这晚风——辽阔而纷乱,
它会让这艘小船快乐无边!"

---

① 阿赫玛托娃的丈夫古米廖夫的表侄女。生年不详,1986年死于巴黎。

恐惧紧紧扼住了咽喉，
一只独木舟在黑暗中接纳了我们……
海缆浓烈的气味
烧灼着颤抖的鼻翼。

"请告诉我，也许你清楚：
我没睡着吧？这一切如同梦乡……"
只有船桨有节奏地拍打着
涅瓦河沉重的波浪。

黑暗的天空渐渐明亮，
有人在桥头冲着我们呼喊，
我用双手紧紧握住了
挂在胸前的十字架项链。

仿佛柔弱的小女孩，被你抱在怀里，
带着我远去，
我们要站在白色快艇的甲板上，
迎接不朽之日的曙光。

1914年6月
斯列普涅沃

古老的城市一片死寂……

古老的城市一片死寂,
我的行程漫无目的。
在自己的河流上,弗拉基米尔
把黑色的十字架举起。

那些喧哗的椴树和榆树
让花园里昏暗阴郁,
那些钻石般耀眼的星辰
向着上帝飞升而去。

在这里,就让我结束
自己牺牲和荣耀的道路吧。
伴我同行的,只有同样的你,
和我的爱情。

1914 年 7 月 8 日

基辅

右边是第聂伯河,左边是椴树林……

右边是第聂伯河,左边是椴树林,
天空的高处充满暖意。
这一天,草木葱茏,凉爽怡人,
我来到了这里。

没有背行囊,也没有带孩子,
甚至没有拿手杖,
只有温柔的忧愁,它那响亮的声音
陪伴在我的身旁。

那些蜜蜂慢悠悠地
在硕大的花朵间飞来飞去,
那些女朝圣者也为蔚蓝的苍穹
惊讶不已。

1914年7月8日?

基辅

整整一年你和我形影不离……

——致尼·弗·涅多波拉瓦①

整整一年你和我形影不离,
你一如从前,那样快乐和年轻!
对痛苦的心弦吟唱的混乱歌曲,
难道你不觉得疲惫不堪,——

先前,它们绷得紧紧,发出尖响,
可如今只是轻轻地浅吟低唱,
我的手指蜡黄干涩,毫无目的地
撕扯拨弄着它们……

不错,对于温柔、崇高地爱着的人,
幸福实在太少,
不管是妒忌,愤怒,还是不幸,

---

① 尼·弗·涅多波拉瓦(1882—1919),俄罗斯诗人、评论家,他较早写文章高度评价阿赫玛托娃的诗歌,对她影响很大。生前未出版著作,去世后的1923年,他的悲剧诗《犹迪传》出版。

都不会触及年轻的额头。

他平静,温和,连爱抚都不请求,
只是久久地凝视着我
怡然自得地微笑,忍受着
我昏睡中的可怕呓语。

> 1914 年 7 月 13 日
> 斯列普涅沃

她走近了。我没有流露出不安……①

她走近了。我没有流露出不安,
只是冷漠地凝望着窗外。
她坐下来,仿佛一尊瓷制偶像,
摆出早已选好的姿态。

让她快乐无比——理所当然,
让她体贴入微——这却比较困难……
或许度过了三月芬芳的夜晚
又被慵懒所纠缠?

絮絮叨叨的说话声令人厌倦,
黄色吊灯散发出死气沉沉的光线,
在轻盈的举起的手指间,
精致的餐具银光闪闪。

交谈者又是微微一笑,

---

① 此诗以男性的口吻写成。

满怀希望地凝视着她的脸……
我的幸运而富有的继承者啊,
请你读一读我的遗言。

> 1914年7月19日
> 斯列普涅沃

我不会乞求你的爱情……

我不会乞求你的爱情。
它如今放在可靠的地方。
相信吧,我不会给你的新娘
写去醋意十足的书信。
但请接受我英明的建议:
让她读一读我的诗歌,
让她保存好我的相片,——
新郎官们都是如此可爱!
较之友好的幸福交谈
和最初温情时光的记忆,
这些愚蠢的女人更需要
感觉到全面的胜利……
当你与自己的爱侣一起生活
幸福的感觉所剩无几
而对于腻烦的心灵
一切都立刻变得令人厌恶——
在我的庆祝晚会上
请你不要来。我不认识你。

我对你又能有什么帮助?
我不能医治好你的幸福。

1914 年 7 月 20 日

斯列普涅沃

人们悄无声息地在房子里走动……

人们悄无声息地在房子里走动，
已经没什么值得期待。
他们把我带到病人的面前，
我已经认不出他来。

他说了句："现在好了，感谢上帝。"——
又变得若有所思。
"我早该上路了，
只是一直在等着你。

在梦魇中你使我激动不安，
你说的那些话我都会珍重。
请告诉我：你能原谅我吗？"
我说："能。"

我仿佛看到，从地面到天花板
整个墙壁都闪烁着光芒。
一只干瘦的手

躺在丝绸的被子上。

那投到墙上的可怕的侧影
显得沉重而粗暴,
那咬破的暗淡的嘴唇中
再也听不到一声喘息。

可是,突然最后一丝力气
在蓝色的眼睛里闪烁光芒:
"真好,你放我走了,
你不是总这样善良。"

他的面庞变得年轻了一些,
我又认出了他,
我说:"啊,上帝,
请接受你的奴隶。"

1914年7月
斯列普涅沃

它成了我安乐的摇篮……

它成了我安乐的摇篮,
——这座阴暗城市,坐落在严酷的江边,
它成了我隆重的婚礼的喜床,
你年轻的六翼天使们,——
在上面放置了花环,
这个城市,我用痛苦的爱深深依恋。

你曾是我祈祷的供台,
严厉,平静,烟雾缭绕。
在这里你让我与未婚夫初次相见,
他为我指明了灿烂的前程,
而我忧伤的缪斯,
引领着我,像搀扶着一个盲人。

1914 年 7 月
斯列普涅沃

上帝的使者，在冬天的早晨……

上帝的使者，在冬天的早晨
秘密为我们订了婚，
而他不会从我们无忧无虑的生活中
移开那双变得暗淡的眼睛。

因此我们爱着天空，
爱着细弱的空气，清新的微风，
爱着生铁的栅栏后面
那些黑黝黝的树丛。

因此我们爱着这森严的，
水流环绕的昏暗城市，
爱着我们的别离，
和那些短暂的相逢。

1914 年 9 月
彼得堡

安慰

> 在那里米哈伊尔·阿尔西斯特拉基戈①
> 把他编入了自己的军队。
>
> ——尼·古米廖夫

你再不会从他那里得到音信,
你再不会听到关于他的任何消息。
在火焰弥漫,沉痛不堪的波兰,
你也不会找到他的墓地。

但愿你的灵魂变得安详,平静,
已不会再有任何失去:
他是上天军队中的一名新战士,
如今再不必为他忧虑。

---

① 即通常所称的"天使米哈伊尔·阿尔汉格尔",他效忠于上帝,率领天使们打败了撒旦和恶魔,被认为是为正义而战的军人的保护神。引用的诗句选自阿赫玛托娃丈夫古米廖夫的《非洲叙事诗》。

可以负罪地痛哭，负罪地倍受折磨，
在亲爱的故乡的房子里。
想想吧，如今你可以
为自己的庇护者虔诚祈祷。

        1914年9月
        皇村

他曾嫉妒，慌乱而温情……

他曾嫉妒，慌乱而温情，
仿佛神圣的太阳，爱过我，
可他杀死了我洁白的小鸟，
为了让它不再唱起往事之歌。

日落时分他走进房间，说道：
"爱我吧，来，写下你的诗行！"
我把这只快活的小鸟
葬在了老赤杨下的圆井旁。

我向他保证，我不会哭，
我的心变得比石头还坚硬，
可总是好像到处
都能听见它甜蜜的歌声。

1914 年秋

这些花朵,有来自露水……

这些花朵,有来自露水
和临近秋天的清凉气息,
我为自己蓬松、炽热的发辫,采撷它们,
对于枯萎,它们还一无所知。

在树脂般闷热的夜晚,
它们缠绕着甜美的秘密,
它们呼吸着春天般
非凡的美丽。

在声音与火焰的激流中,
它们从光洁的头顶,飞舞着,
坠落下来,散发着隐隐的芬芳——
眼见着死去。

我为这忠实的忧愁所感动,
温顺的视线,抚慰着它们,——

爱情伸出恭敬的手指
收集起它们腐烂的尸体。

1914年12月

尘世的荣誉如同烟尘……

尘世的荣誉如同烟尘,
这并非我所希求。
为我所有爱恋的人
我都曾带来幸福。
如今一个还健在,
正热恋着自己的女友,
而另一位成了铜像
站在风雪交加的广场上。

1914 年冬(12 月)

因为我颂扬了罪孽……

因为我颂扬了罪孽,
贪婪地赞美了叛节者,
我便从深夜的天空
坠落到了这片干旱的原野。

我站起身。走向一栋
陌生的房子,它自己随后关闭,
从七月的原野,我带回了
痛苦而不祥的倦意。

我成了一个孩子的母亲,
成了那位歌唱者的妻子。
然而,高处的风暴尾随而至,
愤怒而嘶哑地朝我打着呼哨。

1914 年

我对谁偶尔说起过……

我对谁偶尔说起过,
为何我没有远离人群,
儿子被苦役虐待致死,
我的缪斯也被鞭打而亡。
我对所有世人都有罪——
那死去的,将来的,和在世的人们。
在疯人院的病房中
我辗转反侧——这伟大的荣光。

人们不知给谁抬来黄色的棺椁,
那幸运的人将与上帝同在,
而我关心的事情不多,
只是我尘世狭窄的栖身之所。

1914 年

在空荡荡的住宅里,冻结的屋顶下……

在空荡荡的住宅里,冻结的屋顶下
我不去计算死去的日子,
我在读使徒行传,
我在读圣歌作者的诗句。
星辰变得幽蓝,霜雪变得柔软,
每一次相见都化作奇迹,——
一枚红色的槭树叶
夹在圣经的雅歌里……

1915 年 1 月
皇村

梦

我知道,我正走进你的梦境,
因此再也无法入眠。
浑浊的路灯变为蓝色,
一条小路为我向前伸展。

你梦见了皇后的花园,
梦见神奇而洁白的宫殿,
还有黑色花纹的院墙,
紧靠在回声很响的石廊边。

你走着,迷失了方向,
心里只想着:"快些呀,快,
哦,最好快些找到她,
千万别在与她相见前醒来。"

而哨兵守卫在红色的大门前:
"往哪去!"他冲你叫喊。
冰层咯吱作响,骤然断裂,

变黑的湖水在脚下流转。

"这是一片湖泊,"你心中暗想,
"湖里有一座小岛……"
突然在暗夜的深处
你看见一粒幽蓝的星光。

在穷困的日子,残酷的光线下,
你忽然呻吟着苏醒,
你平生第一次
大声呼唤着我的姓名。

1915 年 3 月 15 日
皇村

我停止了微笑……

我停止了微笑,
寒风吹凉了嘴唇,
一个希望变少了,
会多出来一首歌。
在嘲笑与咒骂声中,
我被迫把它献出,
因为,爱情的沉默使心灵
难以忍受地疼痛。

1915 年 3 月 17 日
皇村

我从你的记忆中抽取这一天……①

我从你的记忆中抽取这一天,
为了询问你无助而迷茫的眼神:
我在哪里看到过波斯的丁香,
看到过燕子,木头小房?

哦,你将如何时常想起
未命名的愿望的突然悲伤,
如何在陷入沉思的城市中寻觅
那条地图上并不存在的街道!

当读到每一封偶然的来信,
当听到敞开的大门后传出的声音,
你就会想:"哦,这是她来了,
来帮助恢复我的信心。"

1915 年 4 月 4 日

彼得堡

---

① 此诗以男性的口吻写成。

密友之中有一张朝夕思慕的面容……

——致尼·弗·涅多波拉瓦

密友之中有一张朝夕思慕的面容，
热恋和激情，都不能超越它，——
即使唇吻在可怕的寂静中融合，
即使心儿为爱情一片片破碎。

什么友谊，什么崇高而炽烈的幸福岁月，
在此刻都显得无能为力，
当灵魂自由自在，对淫欲的
迟缓慵懒格格不入。

那些追求她的人神魂颠倒，
而得到她的人——郁郁寡欢……
如今你明白了，为何我的心
在你的手指轻抚下没有丝毫的震颤。

1915 年 5 月 2 日

彼得格勒

我亲自选择了命运……

我亲自选择了命运,
为我心灵的朋友:
而在报喜节①
我还给了他自由。
那只瓦灰色的鸽子飞了回来,
用翅膀拍打着玻璃窗。
仿佛因华丽的法衣②的光辉,
房间里也变得分外明亮。

1915 年 5 月 4 日
彼得堡

---

① 俄罗斯东正教节日,在每年的 4 月 7 日,俄罗斯人在这一天通常会放生小鸟。
② 东正教的神父在举行祈祷仪式时所穿的礼服。

他久久走着，穿过原野和乡村……

他久久走着，穿过原野和乡村，
边走边向人们问询：
"她在哪里，快乐的光明在哪里？
她的眼睛——犹如灰色的星辰。

瞧，火焰已然暗淡，春天
最后的日子已经来临。
我总是时常梦见她，那些关于她的梦境
越来越温情迷人！"

他来到了我们阴沉的城市，
在黄昏前的宁静时分，
他心中怀念着威尼斯
和瘟疫肆虐的伦敦。

他站在阴暗高耸的教堂旁，
踏上台阶，跳上闪烁光芒的花岗岩，
他默默祈祷，渴望与自己最初的快乐

早日相见。

而在那供桌黝黑的金器上空,
上帝之光的花园渐渐明亮:
"她在这里,快乐的光明在这里
她的眼睛——犹如灰色的星辰。"

1915 年 5 月
彼得堡

春天来临前总会有这样的日子……

——致 Н.Г.楚德科娃

春天来临前总会有这样的日子：
草地在厚实的积雪下歇息，
快乐而干燥的树木在喧哗，
温暖的春风变得温柔而有力。
身体惊诧于自己的轻盈，
甚至你都认不出自己的家，
而那首歌曲，先前已然厌倦，
如今却像新的，你重新激动地唱起。

1915年春
皇村

我们要在一起,亲爱的,在一起……

我们要在一起,亲爱的,在一起,

众人都知道,我们相亲相近,

那些狡猾的嘲讽,

如同远方的铃声,

并不能让我们难过,

也不能使我们伤心。

我们在哪里结的婚——已无法想起,

而这座教堂闪烁着

疯狂的光辉,

只有天使们洁白的翅膀

才会带来如此的光芒。

如今正是这样的时刻,

可怕的年代,可怕的城市。

怎么能让我们彼此分离

让你和我，我和你？

1915年春
彼得堡

语言的新鲜和感情的纯朴……

语言的新鲜和感情的纯朴
我们一旦失去,是否像画家失去视力,
像演员失去嗓音和动作,
抑或像绝色的女子——失去美丽?

但是请不要试图为自己保存
上天对你的赐予:
这注定——我们心里也明白——
我们应该挥霍,而不是积蓄。

请独自前行吧,去医治失明的人们,
为了在心生疑虑的艰难时刻,
认清学生们幸灾乐祸的嘲弄,
以及众人的冷漠。

1915 年 6 月 23 日
斯列普涅沃

不,王子,我不是你……

不,王子,我不是你
希望看到的那个人,
我的双唇也早已
用来预言,而不是接吻。

请不要以为,我是被思念
折磨得胡言乱语,
我冲着不幸大声地叫喊:
这就是我的手艺。

而我能够学会一切,
为了那意外事情的发生,
如何让一眨眼爱上的人,
永远都会对我言听计从。

你想得到荣耀?——那么就请
向我来咨询,
这——仅仅是个陷阱,

那里既没有快乐,也没有光明。

好啦,现在请回家去吧,
并忘记我们的相逢,
而为了你的过失,亲爱的,
让我来承受上帝的报应。

1915 年 7 月 10 日
斯列普涅沃

他没有辱骂我,也没有赞美我……

他没有辱骂我,也没有赞美我,
像朋友,或者像敌人。
他只是把灵魂留给了我,
对我说:"好好把它珍存。"

只有一件事让我不安:
如果他现在死去,
上帝的天使长会来我这儿
取走他的灵魂。

到时候让我如何把它藏起,
如何瞒得过上帝?
它,这样歌唱,这样哭泣,
本应回到上帝的天堂里。

1915年7月12日
斯列普涅沃

为什么你时而佯装成……

为什么你时而佯装成
微风,石头,时而佯装成小鸟?
为什么你要变成意外的闪电
从天空对着我微笑?

别再折磨我,别再碰我!
就让我专注于世俗的生活……
像那醉醺醺的火焰
摇摆于干涸灰暗的沼泽。

缪斯蒙着破烂的头巾,
拖长了声音,凄凉地歌唱。
在这残酷而年轻的寂寞里
充满了她神奇的力量。

1915 年 7 月
斯列普涅沃

我曾多少次诅咒……

我曾多少次诅咒
这片天空,这片大地,
还有那长满青苔的磨坊
沉重挥动着的手臂!
厢房里停放着死者,
他身子僵直,白发苍苍,躺在条凳上。
如同三年前一样。
老鼠还是那样啃啮着书本,
硬脂蜡烛还是那样
向左倾斜着火焰。
下诺夫格罗德市的那口讨厌的大钟
敲击着,鸣响着,
唱着一支单调的歌,
唱着我苦涩的快乐。
而那些五颜六色的大丽花
突然鲜明地绽放,
沿着那条白银色的小路,
到处是蜗牛和艾蒿。

出现了如此结局：幽禁之地
成为了我的第二个故乡，
可对我的第一个故乡却不敢
在祈祷时想起。

1915 年 7 月
斯列普涅沃

上天对那些割麦人和园丁太不仁慈……

上天对那些割麦人和园丁太不仁慈。
倾斜的雨水泼洒下来,清脆喧响,
宽大的雨衣使倒映在水中的天空
变得五彩缤纷。

草场和田地都淹没于水下的王国,
而自由的琴弦在歌唱,歌唱,
李子在肿胀的枝头慢慢破裂,
倒伏的野草渐渐腐烂。

透过细密的雨水的栅栏
我看见你那可爱的面庞,
静寂的公园,中国式凉亭
和圆形台阶的楼房。

1915 年夏
皇村

如同未婚妻,每天黄昏……
——致尼·弗·涅多波拉瓦

如同未婚妻,每天黄昏
我都会收到一封信。
稍晚的深夜我将回复
我的友人。

"我正走在黑暗的路上
去白色的死神家做客。
我温柔的人啊,请不要
在世间对任何人作恶。"

两根树枝之间
亮着一颗硕大的星星,
它如此平静地承诺
实现我所有的美梦。

1915 年 10 月
许温凯[①]

[①] 距离赫尔辛基以北约 50 公里的一座小镇,镇上有芬兰铁道博物馆。

我总是梦见山峦起伏的巴甫洛夫斯克①……

——致尼·弗·涅多波拉瓦

我总是梦见山峦起伏的巴甫洛夫斯克,
那圆形的草坪,宁静的湖水,
它的异常懒散,绿荫遍布,
让我永远都不能忘记。

当你乘车驶入那铸铁的城门,
愉悦的战栗就流遍全身,
你不是在生活,而是在狂欢,迷恋,
或完全按另外的方式生活。

晚秋时节,清新刺骨的凉风
喜欢四下无人,在那里到处游荡,
黝黑的云杉覆盖着洁白的霜花
伫立在渐渐消融的雪地上。

---

① 位于俄罗斯沃罗涅日州中部。1779年设市,18世纪后期该市失去了其重要地位,并开始衰退。

那美妙的嗓音充满炽烈的呓语,
仿佛歌声在空中回荡,
一只红色胸脯的小鸟
栖息在基萨拉琴手①青铜的肩膀上。

1915年秋

皇村

---

① Kithara,古希腊人使用的拨弦乐器里尔琴(Lyra)的别称,起源于美索不达米亚,被誉为"古希腊的吉他",承载着丰富的文化内涵。基萨拉琴手,这里指古希腊神话中掌管爱与美的阿波罗神。

缪斯沿着一条小路离去……

缪斯沿着一条小路离去,
这条秋天的小路,狭窄,陡峭,
她黝黑的双脚上
溅满了大颗的露珠。

我久久地向她乞求,
请她和我一起等候冬季。
她却说:"你要知道,这里是坟墓,
你怎么还能够呼吸?"

我想送她一只鸽子,
这只鸽子在鸽群中洁白无比,
但小鸟自己飞起来,
追随我美丽的客人而去。

望着她的背影,我默默无言,
我只爱过她一个人,

天空中霞光灿烂,
仿佛通向她的王国的大门。

> 1915 年 12 月 15 日
> 皇村

那个八月,如同黄色的火焰……

那个八月,如同黄色的火焰,
冲破一阵阵浓烟,
那个八月,升起在我们的上空,
仿佛火红色的六翼天使。

我们二人——战士和少女——
在严寒的清晨
从寂静的卡累利阿大地上
走进这悲痛与愤怒的城市。

我们的首都究竟遭遇了什么,
是谁把太阳拖向大地?
那军旗上的黑色老鹰
仿佛一只大鸟在展开羽翼。

这座接受豪华检阅的城市
变成了粗野的集中营,
长矛和枪刺的反光

照瞎了行人的眼睛。

回声隆隆的凯旋大桥上
灰色的大炮在轰响,
而在幽秘的夏花园里
椴树还是绿意浓浓。

这位兄弟告诉我:"对我来说
伟大的日子来临。
现在请你把我们的忧伤和喜悦
一个人好好保存。"

他就像把自己家的钥匙
留给女主人,
而东风赞美着伏尔加河沿岸
那些草原上的针茅。

1915 年 12 月 20 日

你的两只手掌滚烫……

"你的两只手掌滚烫,
耳中是复活节的喧响,
你,像神圣的安东尼,
拥有预见未来的目光。"

"在圣洁的日子里
这一天为何突然侵入,
如同疯狂的玛格达琳娜①
那浓密的乱发。"

"只有孩子们喜欢这样,
对于他们这可是第一次。"
——"平静的目光
有超乎世界上一切的力量。"

"那是魔鬼的圈套,

---

① 指悔过自新的女人、悔悟失足的女人。

不洁的忧郁。"
——"她的手臂
比世上所有人的都要白皙。"

1915年
皇村

你要活下去,不谙苦难……

你要活下去,不谙苦难,
要学会照管与评判,
要和自己安静的女友
把儿子们抚养成人。

你将诸事如意,
荣誉加身,
你不会知道,我因哭泣
无法把日子计算。

许多像我们一样无家可归的人,
我们最后的力量源于那里——
为了盲目而忧郁的我们,
上帝的房子一片光明,

为了俯身跪拜的我们,
祭坛的火光明亮,

我们的声音

向着上帝的圣座飞翔。

1915 年

不是秘密,不是忧伤……

不是秘密,不是忧伤,
也不是英明决定的命运——
这一次次相会总留给我
斗争的印象。

我,从清晨便猜中这一刻,
当你走进我的房间,
我感到弯曲的双臂
针刺般微微地战栗。

我用干瘦的手指
揉皱了花花绿绿的桌布……
当时我就明白了,
这地球是多么小啊。

1915 年

你没有向我承诺,不用生命
也不用上帝……

你没有向我承诺,不用生命也不用上帝,
甚至不用我神秘的预感。
为何你夜深人静时,像令人痛苦的幸福
逗留在黑暗的门槛前?

我不会跑出去,不会高喊:"啊,你是我的唯一,
请你到死都不要离开我!"
我只能用天鹅般的绝唱
向不公正的月亮述说。

1915 年

如同天使,搅乱水面……

如同天使,搅乱水面,
当时你朝我的脸看了一眼,
你恢复了我的力量和自由,
却拿走我的戒指作为奇迹的纪念。
虔诚的悲伤拭去了
我脸颊上病态而灼热的红晕。
我将牢记这个狂风暴雪的季节,
这令人不安的北方二月。

1916 年 2 月

皇村

我知道,你就是对我的奖赏……

我知道,你就是对我的奖赏
因为那些痛苦而艰难的岁月,
因为我从来没有醉心于
尘世的快乐,
因为我从来没有对情人
说过:"你真可爱。"
因为,我原谅了人们所做的一切,
而你终将成为我的天使。

1916 年 4 月 28 日
皇村

第一道曙光——是上帝的祝福……

第一道曙光——是上帝的祝福,
在亲爱的面庞上轻轻移动,
这微睡的人脸色有些苍白,
但他睡得越发安宁。

是的,上天之光的温暖
仿佛甜蜜的亲吻……
很久以前,我的双唇就是这般
轻触黝黑的肩膀和可爱的嘴唇。

而如今,在我痛苦已极的漫游中,
它们像无形的逝者,
我只能用歌声向他疾飞
我只能用晨曦聊以自慰。

1916 年 5 月 14 日
斯列普涅沃

这次相见对谁都不要宣扬……

这次相见对谁都不要宣扬,
没有歌声,痛苦也渐渐平息。
寒冷的夏日来临了,
仿佛新生活刚刚开始。

天空就像石头的拱门,
充满了黄色的火焰,
与急需救命的面包相比,
我更需要他唯一的诺言。

你,全身沾满小草的露水,
用美好的消息让我的灵魂重生,——
不是为了欲望,不是为了消遣,
而是为了尘世伟大的爱情。

1916 年 5 月 17 日
斯列普涅沃

蜡菊枯干，粉红……

蜡菊枯干，粉红。云朵
在清朗的空中粗野地堆积。
这公园中唯一的一株橡树
叶簇还显得浅淡，薄细。

晚霞的光芒到午夜依然明亮。
在我狭窄的牢房里多么地惬意！
今天有群上帝的小鸟和我交谈，
告诉我最温情的故事，永远神奇的消息。

我多么幸福。但我最爱
森林之中坡度徐缓的小径，
稍微弯曲的简陋的小桥，
还有那等待所剩不多的光阴。

1916年5月20日
斯列普涅沃

它们正在飞翔,它们还在路上……

——致米·洛津斯基

它们正在飞翔,它们还在路上,
这些自由与爱情的话语,
而我已经陷于歌唱前的慌乱,
我的双唇比冰还要寒冷。

但是在那里,稀疏的白桦树,
很快就会贴近窗口,干巴巴地喧哗,——
玫瑰将编制成红色的桂冠,
看不见的事物发出声响。

而更远处——光明的慷慨让人无法忍受,
恰似红色滚烫的葡萄酒……
我的意识也已经
被闷热的烧红的风灼痛。

1916 年夏
斯列普涅沃

雅歌

她起初被点燃,
像严寒的微风,
而随后坠落心底
如一滴咸涩的泪。

罪恶之开始对什么
有所怜悯。它变得忧郁。
而这轻微的苦痛
内心将永不会忘记。

我只播种。前来收获的
将是别人。这也好!
哦,上帝!请赐福
那欢跃的收割者的队伍!

而为了答谢你
我敢于变得完美,

请允许我献给世界

那让爱情不朽的事物。

1916 年 5 月 23 日

斯列普涅沃

天空飘洒着蒙蒙细雨……

天空飘洒着蒙蒙细雨,
打湿了盛开的丁香。
明亮的,明亮的圣灵降临节
在窗外扇动着翅膀。

今天我的朋友该从大海边
归来——这已是最后的期限。
我总是梦见遥远的海岸,
岩石,灯塔和沙滩。

我登上灯塔中最边远的一座,
在那里与光明相见……
而在到处是沼泽和耕地的国家,
连回忆之中都没有灯塔。

我只能坐在门槛上,
那里却也笼罩了浓郁的阴影。

请帮助我消除恐惧吧,

明亮的,明亮的圣灵降临节!

> 1916年5月30日
> 斯列普涅沃

恰似白色的石头沉在井底……

——致鲍·安列普

恰似白色的石头沉在井底，
一段记忆藏在我的心中。
我不能，也不想为此斗争：
它既是欢愉，也是苦痛。

我想，谁如果凑近注视
我的眼睛，就会立刻看清它。
它若有所思地把忧伤的我
当成倾听痛苦故事的人。

我知道，众神把一些人
变成了物体，却不消灭他们的意识，
好让奇怪的忧伤生生不息。
你会化作我的一段记忆。

1916年6月5日
斯列普涅沃

啊，这又是你……

啊，这又是你。不像我钟情的少年，
而是以粗鲁、严酷、倔强的男人面目
走进这栋房子，凝视着我的脸。
这风暴前的宁静让我的心灵惶恐不安。
你问，我对你做了些什么，
你说把爱情和命运已经永远托付给了我。
我背叛了你。我还要把这话重说一遍——
哦，假如有一天你感到了疲倦！
死者会这样说，让凶手难以入梦，
死神会这样等候在不祥的床榻边。
现在请原谅我吧。上帝教会了我们宽恕。
我的肉体在不幸的病痛中备受煎熬，
而自由的灵魂已经安然沉睡。
我只记得那座花园：光线稀疏，秋意阑珊，温馨弥漫，
还有一声声灰鹤的啼叫，一片片黑色的农田……
啊，当我们相伴在一起，这人间是多么美满！

1916 年 7 月 11 日
斯列普涅沃

回忆1914年7月19日

我们苍老了一百年，而这
却发生在了一瞬间：
短暂的夏日已经结束，
翻耕的平原的尸体冒出黑烟。

沉寂的大道突然嘈杂纷乱，
哭声阵阵，像银器响彻云霄。
我捂住面孔，祈求苍天
在第一场战役前把我干掉。

从记忆深处，像摆脱多余的负担，
歌声与激情的阴影逝去，
上帝命令她——这空白的回忆，
变成一本可怕的书，记录暴风雨的消息。

1916年7月18日
斯列普涅沃

当我在阴郁无比的首都……

当我在阴郁无比的首都
用坚毅,而又疲倦的手
在干净洁白的信笺上
写下弃绝尘世的声明,

一缕缕湿润的微风
吹进我浑圆的窗口,——
我觉得,红色的烟霞烧灼了
整个天空。

我没有向涅瓦河眺望,
也没有注视霞光映照下的花岗岩,
似乎觉得,这不是在梦中
看到你,让人永远难以忘记……

但是突然的夜色
覆盖了入秋之前的城市。
为了协助我的逃亡,

灰色的阴影弥漫了空间。

我随身只带着十字架,
那是变心的日子你的赠予,——
就让艾蒿丛生的草原盛开鲜花,
就让微风像塞壬一样歌唱。

十字架就挂在空旷的墙上
保佑我摆脱痛楚的妄想,
我对一切都无所畏惧,
甚至当突然想起——生命最后的时光。

1916 年 8 月

沙湾

我要精心照料黑色的苗床……

我要精心照料黑色的苗床,
用清泉之水浇灌;
野花们自由自在地生长,
不要触摸它们,不要把它们折断。

就让它们多似发光的群星
闪烁在九月的夜空——
为了孩子,为了流浪汉,为了恋人
让这些花儿在原野上成长。

而我的花儿——只为圣女索菲娅
在那个唯一光明的日子开放,
那时圣餐仪式的呼喊声
在华丽的祭坛帐幔下飞翔。

如同一层层波浪涌向陆地
它们注定会遭遇死亡,

我将带来忏悔的灵魂

和花朵,它们长自俄罗斯的土壤。

1916年夏
斯列普涅沃

一切都被剥夺：不论是力量，
还是爱情……

一切都被剥夺：不论是力量，还是爱情。
在憎恶的城市连太阳都不喜欢
这被抛弃的身体。我感觉，
我体内的血液已经完全冰冻。

我不熟悉快乐的缪斯的性情：
她注视着我，默默不语，
垂下戴着深色花冠的头，
疲惫不堪的，深深埋进我的怀里。

只有良心一天天变得疯狂可怕：
她渴望做出伟大的奉献。
我捂着脸，答复了她……
却再没有泪水可流，再没有理由可辩。

1916 年 10 月 24 日

塞瓦斯托波尔

微睡重新赠予我……

微睡重新赠予我
我们最后星光闪烁的天堂——
这座喷泉清澈的城市，
金色的巴赫奇萨赖①。

在那里，五彩缤纷的城墙之下，
若有所思的泉水边，
我们快乐地回忆起
昔日皇村的花园。

我们突然认出了——这就是它，
叶卡捷琳娜的雄鹰！
它从华丽的青铜大门之上
飞向峡谷的深底。

---

① 巴赫奇萨赖，其意源于波斯语的"花园宫殿"，位于克里木半岛，曾是克里木汗国的都城。

为了让离别时痛苦的歌曲
长久地活在记忆里,
山下的平原上,黝黑的秋天
带来一片片红色的落叶,

撒落到台阶前,
我和你在这里告别,
从此后,你啊,我的慰藉,
转身走进了阴影的领地。

1916 年 10 月
塞瓦斯托波尔

他向我承诺了一切……

他向我承诺了一切:
天空的尽头,模糊,赤红,
圣诞前夜可爱的梦境,
复活节音调多变的微风,

还有红色的藤条,
公园里的瀑布,
以及生锈的铸铁栅栏上的
两只大个儿的蜻蜓。

因此我不能不相信,
他会和我友爱一生,
那时我沿了灼热的石径
正向着山坡的高处攀登。

1916 年 10 月
塞瓦斯托波尔

我一到那里,苦恼便烟消云散……

我一到那里,苦恼便烟消云散。
早来的严寒令我心情舒畅。
一座座神秘的、偏僻的村落——
是祈祷与劳动的仓房。

我难以克制对这片土地
平静而又坚定的恋情:
新城的每一滴血液在我的心里——
都如同冰块浸在泛起泡沫的美酒中。

无论如何都无法把这改变,
强烈的炎热也不能把它溶化,
不论是什么,我都会开始赞美——
当你,安静地,容光焕发地出现在我的面前。

1916 年 11 月 16 日
塞瓦斯托波尔

我的命运就这样改变了吗……

——致尤妮娅·安列普[①]

我的命运就这样改变了吗?
或许游戏真的已然结束?
那些冬日在哪里,当凌晨五点多钟
我躺到床上进入梦乡?

一切重新开始,我平静而严肃地,
生活在荒僻的海岸边。
无论是无聊的,还是温情的话语,
我都已经不能倾吐出心田。

真是难以相信,圣诞节很快来临。
草原绿意盎然,令人激动。
阳光闪烁,恰如温暖的波浪
亲吻着光滑的海岸。

[①] 这首诗是写给好友鲍里斯·安列普的妻子尤妮娅的。1916 年夏天,阿赫玛托娃到克里木度假,与住在那里的安列普夫妇过从甚密。

当我疲惫而又慵懒地

远离幸福,心怀无法形容的战栗,

憧憬着这样的宁静,

我就会把自己想象成这般模样:

如同死后的灵魂,到处漂泊游荡。

1916 年 12 月 15 日

别利别克,塞瓦斯托波尔

城市已然死去,最后一栋房子……

城市已然死去,最后一栋房子的窗口
像活着似的向外张望……
这个地方如此陌生,
散发焦糊的气息,四野一片苍茫。

然而,当犹豫的月亮刺破
暴风雨的帷幕,
我们看见,一个瘸腿的人
正爬上高山,走向森林。

真可怕,他竟然追上
三套车,拉车的是健壮快活的马匹,
稍稍停留,他又扛着沉重的行囊
一瘸一拐地向前走去。

我们几乎没来得及注意,
他如何出现在带篷的马车前。
他的眼睛好像星辰,闪烁着蓝色光芒,

照亮了他疲惫痛苦的面庞。

我把孩子交给了他,
他举起被手铐磨伤的双手
向我亲切而响亮地承诺:
"你的儿子会活下去,健康成长!"

1916 年
斯列普涅沃

断章

…… …… ……
啊上帝,为了自己我可以宽恕一切,
即便让我化作老鹰去抓羔羊
或变成毒蛇去田野咬熟睡者,
也胜过做人,被迫看着
众人各行其是,透过腐烂的耻辱
不敢抬起眼睛仰望高天。

1916年?

傲慢蒙蔽了你的灵魂……[①]

傲慢蒙蔽了你的灵魂,
使你不能看到光明。
你说,我们的信仰——是迷梦,
海市蜃楼——是我们的都城。

你说——我的国家罪孽深重,
而我说——你的国家没有良心。
即便我们身上还负载着罪过,——
但一切还可以补偿,还能够改进。

你身边环绕的——是美酒,是鲜花。
为什么还来穷困的罪人家敲门?
我知道,你病入膏肓的原因——
你在寻求死亡,却又害怕死神的降临。

1917 年 1 月 1 日
斯列普涅沃

---

① 这首诗是写给友人安列普的。

莫非是因为远离了该死的轻松……

莫非是因为远离了该死的轻松,
我才紧张地注视着黑暗的殿堂?
已然习惯了高亢、清晰的叮当声,
已经不再按尘世的法律审判,
我,像一名女犯,还向往着刑场,
那多年执行死刑的耻辱的地方。
我看到华丽的城市,听见亲爱的声音,
好像还没有神秘的墓地,
在那里,无论白昼黑夜,酷暑严寒,
我都需要俯身等待最后的审判。

1917 年 1 月 12 日
斯列普涅沃

不曾有诱惑。诱惑在寂静中生活……

不曾有诱惑。诱惑在寂静中生活，
它使持斋者痛苦，使圣徒苦恼。

五月的深夜，在年轻修女的头顶
它像受伤的雌鹰懒洋洋地啼叫。

而对那些贪淫放荡者，那些可爱的罪人们
它却给以令人不解的钢铁般的拥抱。

1917 年 1 月

那个声音,曾与伟大的寂静较量……

那个声音,曾与伟大的寂静较量,
并最终战胜了寂静。
在我的内心,如同一首歌曲或悲伤,
是战前最后一个寒冬。

它比斯莫尔尼教堂①的拱顶还要洁白,
比华丽的夏园还要神秘,
那时,我们还不知道,很快
就会在极度的忧愁中回首过去。

1917 年 1 月

彼得堡

---

① 著名的俄罗斯东正教教堂,位于圣彼得堡市涅瓦河的左岸,具有浓郁的巴洛克风格。

21日。深夜。星期一……

21日。深夜。星期一。
首都的轮廓模糊不清。
是哪个无所事事的人写下过,
尘世上存在爱情。

或许出于懒惰,或许出于寂寞
人们都信以为真,并如此生活:
期待相聚,害怕别离,
唱着爱情的歌曲。

而秘密却以另外的样子被揭露,
寂静在其中长眠不醒……
我偶然发现了这个秘密,
从那一刻开始我仿佛一病不起。

1917年1月
彼得堡

这些广场多么空旷……

这些广场多么空旷，
这些桥梁多么险峻，回声多么响亮！
漆黑的夜幕笼罩着我们
沉重，宁静，没有星光。

我们，如同必死的人，
走在新鲜的雪地上。
这不是奇迹吗？此刻我们二人
将一起度过生离死别的时光。

双膝不由得软弱无力，
就好像，没有空气可以呼吸……
你——是我诗篇的太阳，
你——是我生命的赐予。

你看，黑色的大厦摇摇欲倾，
我马上就要昏倒在地，——

如今我并不害怕慢慢地清醒过来,
在我乡间的花园里。

> 1917 年 3 月 10 日
> 彼得堡

我们还没有学会告别……

我们还没有学会告别,——
一直肩并着肩走来走去。
天色开始暗下来,
你若有所思,我沉默不语。

我们走进教堂,会看见
弥撒,洗礼,婚庆,
我们不看对方一眼,就会走出来……
为什么我们二人就不能?

或者,我们坐到通往墓地
被践踏的积雪上,轻声叹息,
你用木棍勾画一座宫殿,
我们二人将在那里永远栖居。

1917年3月
彼得堡

神秘的春天还懒散无力……

神秘的春天还懒散无力,
透明的微风在群山间游荡,
就连深深的湖水也变得蔚蓝——
这施洗者永恒的教堂。

我们的初遇令你慌乱不安,
可我已经祈祷再次相见,
你看今天又是一个炎热的黄昏,——
太阳低低地悬在山巅……

你不和我在一起,但这并非别离:
对于我每一刹那——都是激动的消息。
我知道,你的内心如此痛苦,
你竟不能说出一言半语。

1917 年 4 月 14 日
彼得堡

我听见黄鹂永远忧伤的啼鸣……

我听见黄鹂永远忧伤的啼鸣,
我向着盛大夏日的衰退致敬,
一棵麦穗紧紧依偎着另一棵麦穗,
镰刀却割下它们,带着毒蛇的哨声。

身姿匀称的割麦女的短裙,
仿佛节日的彩旗,在风中飘扬。
如今最好响起欢快的小铃铛,
透过落满灰尘的睫毛是凝视的目光。

在无法逃避的黑暗预感中,
我等待的不是爱的阿谀奉承,不是柔情蜜意,
但是请你来看一下天堂,在那里
我们一起多么幸福快乐,天真烂漫。

1917 年 7 月 17 日
斯列普涅沃

哦,不,我爱的不是你……

哦,不,我爱的不是你,
甜蜜火焰般的帕利姆,
请给我解释,在你忧伤的名字里,
暗含怎样的力量。

在我的面前,你单膝跪下,
像是等待着加冕,
而死神的阴影触及了
你那平静而年轻的容颜。

你倏然离去。不是为胜利而战,
而是为了赴死。夜幕深沉!
哦,我的天使,不用了解,不必知道
我如今的愁绪。

但是如果天堂洁白的太阳
照亮森林间的小径,
但是如果田野里的小鸟

从多刺儿的禾捆上飞起,

我就会知道:这是你,是被打死的你,
你想告诉我,
我重又看见染血的德涅斯特河① 上
那高低起伏的山岗。

我将忘记那些爱情与荣耀的日子,
我将忘记我的青春时光,
心灵幽暗,道路崎岖,——
但你的面容,你正义的功绩
我到死都会珍藏在心里。

1917 年 7 月 19 日
斯列普涅沃

---

① 欧洲东部的一条河流,发源于东喀尔巴阡山脉,流经乌克兰和摩尔多瓦,最终注入黑海。该河将摩尔多瓦分成了东岸和西岸两部分,历史上沙俄帝国和奥斯曼帝国一度隔河对峙。

家中立刻变得一片安静……

家中立刻变得一片安静,
最后一朵罂粟花已然凋残,
我在漫长的昏睡中变得麻木,
又遭遇了早年的黑暗。

房门紧紧地关闭,
夜色漆黑,晚风沉寂。
哪里有快乐,哪里有忧虑,
温情的未婚夫啊,你在哪里?

神秘的宝石戒指没能找到,
我已空等了多日,
那首歌如同柔弱的女囚
也早已在我心中死去。

1917年7月20—21日?
斯列普涅沃

你如今沉痛而沮丧……

你如今沉痛而沮丧，
放弃了光荣与梦想，
但是对于我，你仍不可救药的可爱，
你越是忧郁，越是动人。

你喝着酒，你的夜晚浑浊不清，
你真的不知道，这是在梦中，
那双绿色的令人痛苦的眼睛，——
看得出，并没有在酒中找到安宁。

而心灵诅咒着命运的缓慢，
只乞求快些死去。
西风常常带来的是
你的责难和你的哀求。

难道我敢返回你的身边？
在我的故乡苍白的天空下
我只能歌唱与回忆，

而你却休想再把我想起。

就这样岁月流逝,痛苦倍增。
我该如何为你向上帝祈祷?
你猜出了:我的爱情就是这样,
甚至你都不能将它杀死。

1917 年 7 月 22 日
斯列普涅沃

你这个叛徒:为了绿色的岛屿……①

你这个叛徒:为了绿色的岛屿
你抛弃了,抛弃了热爱的国土,
抛弃了我们的圣像,我们的歌曲,
还有寂静湖畔的那棵松树。

究竟为了什么,你这个剽悍的雅罗斯拉夫人,
既然还没有丧失理智,
为什么要紧紧盯住那些红发美人,
还有那些豪华的楼宇?

如今你就亵渎上帝,妄自尊大,
你就毁灭东正教徒的灵魂吧,
你就留在王国的首都,
爱上自己的自由吧。

---

① 这首诗是阿赫玛托娃写给安列普的,通过这首诗,可以看出,阿赫玛托娃对他离开祖国、移居英国表现出极大的不快。她与安列普友情深厚,有近40首诗歌是写给他的。

为什么你又来到我高高的窗子下
呻吟乞怜?
你自己清楚,你不会在大海中沉没,
我们也不会在殊死的战斗中伤残。

是的,自己丢弃天赐幸福的人,
不畏惧大海,也不畏惧战斗。
因此,祈祷的时候,
你都请求为自己祈祷安息。

1917 年 7 月 22 日
斯列普涅沃

这事多简单，这事多明显……

这事多简单，这事多明显，
这事所有人都一目了然，
你根本不爱我，
你永远不会爱上我。
可为什么我仍然
对一个陌生人充满依恋，
为什么每一个黄昏
都为你祝福祈愿？
究竟为了什么，我抛弃朋友
和鬈发的婴儿，
抛弃我热爱的城市
以及故乡，
像一个肮脏的乞丐
在异国的首都流浪？
啊，当我想到可以见到你，
我的心情是多么欢畅。

1917 年夏
斯列普涅沃

我认为——这里永远……

我认为——这里永远
都不会传出人的声音,
只有石器时代的风
叩打着黑色的大门。
我认为,在这样的天空下
只有我一个人幸存,——
因此,我第一个情愿
把致命的毒酒一饮而尽。

1917 年夏
斯列普涅沃

当人民在自杀般的痛苦中……

当人民在自杀般的痛苦中
等候着德国客人的来临,
拜占庭的坚强灵魂
飞离了俄罗斯的教堂,

当位于涅瓦河之滨的都城,
忘却了自身的雄伟壮丽,
就如同醉醺醺的荡妇,
不清楚,谁会收留自己,——

我心中曾有一个声音。他高兴地召唤,
他说:"到这里来吧,
放弃自己荒凉而罪恶的故土,
永远地离开俄罗斯。

我擦净你手臂上的血液,
从内心掏尽你黑色的耻辱,
我要用崭新的名字

覆盖你的创伤与屈辱。"

可是我冷淡而平静地
用手捂住了耳朵,
为了让这卑鄙的话语
别玷污了我哀痛的灵魂。

1917 年秋

彼得堡

你永远那样神秘和清新……

你永远那样神秘和清新,
我对你一天比一天温顺。
可是你的爱情,哦,严厉的朋友,
却用钢铁与火焰考验我的忠贞。

你禁止我歌唱和微笑,
早就不允许我做祈祷。
只要我和你永不分离,
其他一切都没什么大不了!

就这样,大地与天空日渐陌生,
我活着,再也不会歌唱,
你仿佛占据了地狱和天堂
剥夺去我自由的灵魂。

1917 年 12 月

如今谁也不再聆听歌曲……

如今谁也不再聆听歌曲。
预言的日子来临。
我最后的爱人啊,世界不再神奇,
请不要撕碎我的心胸,不要发出声音。

就在不久前你还如自由的燕子般
完成自己清晨的飞翔,
如今你却变成饥饿的乞丐,
无法敲开那些陌生者的大门。

1917年岁末

别人的俘虏！我才不要别人的俘虏……

别人的俘虏！我才不要别人的俘虏，
连自己的我都懒得去数。
可是看到这些樱桃般的红唇
为什么我会如此开心？

就让他诽谤和污辱我吧，
我听见他话语中压低的哀怨声。
不，他永远不能迫使我想象，
他狂热地爱上了别的女人。

在神圣隐秘的恋爱之后，
我永远都不会相信，
他会重新不安地大笑和哭泣，
还会诅咒我的那些亲吻。

1917 年

当关于我痛苦死亡的消息……

当关于我痛苦死亡的消息
迟迟地传到他的耳边,
他既没有变得严肃,也没有忧郁,
只是脸色苍白,漠然一笑。
他回想起冬日的天际
沿着涅瓦河袭来的暴风雪,
他会立刻想起,自己如何发誓
要对东方的女友倍加珍惜。

1917 年

伴着钢琴上飞出的第一声旋律……

伴着钢琴上飞出的第一声旋律,
我轻轻对你说:"你好,公爵。"
这就是你啊,快乐而忧郁,
站在我的面前,俯下身躯,

可是,在你固执而奇怪的眼神里
我却什么都不能猜出,
只是把那些金子般的话语
珍藏在我罪孽深重的心里。

有一段时间,你为烦闷所折磨,
你将用陌生的语言阅读它们,
心里想:六翼天使正为我
在河面上备好船帆。

1917年

天鹅般的微风吹拂……

天鹅般的微风吹拂,
湛蓝的天空融入血液。
到来了,周年纪念日——
那些你初恋的岁月。

你摧毁了我的酒杯,
时光飞逝,恰似流水。
为何你未显苍老,
仍是当年的模样?

甚至温情的声音更加响亮,
只是时间的翅膀
用它白雪般的荣耀笼罩了
你安详的额头。

1918 年 2 月 21 日
1922 年

因为你神秘莫测的爱情……

因为你神秘莫测的爱情,
仿佛遭受刺痛,我一声声呼喊,
我的面容枯黄,像突患了癫痫,
曳足而行,步履蹒跚。

别再用口哨吹奏新的歌曲,——
长久地用歌曲把人欺骗,
请你撕裂吧,疯狂地用爪子撕裂
我罹患肺痨的胸腔,

就让鲜血从咽喉
迅疾地喷溅到床上,
就让死神永远地从心中掏出
该死的醉意。

1918年7月

这个世纪比先前的世纪糟糕在哪里?

这个世纪比先前的世纪糟糕在哪里?莫非
是它在悲痛与不安的昏醉中
沾染了最为恶毒的瘟疫,
却难以治愈。

尘世的太阳还在西方照耀,
城市的屋顶在它的光芒中闪亮,
这里的一座白房子以十字架为标记,
它召唤那些乌鸦,乌鸦飞起。

1919 年 1—2 月

我痛苦而衰老。皱纹……

我痛苦而衰老。皱纹
像丝网布满了枯黄的面孔,
脊背弯曲如弓,双手颤抖不停。
而我的刽子手用快活的眼神看着我,
他夸耀着自己高超的手艺,
察看我苍白的皮肤上
那些殴打的痕迹。宽恕他吧,上帝!

1919 年
彼得格勒,舍列梅杰耶夫宫

我不喜欢花——它们让我想起……

我不喜欢花——它们让我想起
丧事,婚礼和舞会,
晚饭已经摆上了餐桌
……　……
而永恒玫瑰的朴素之美,
却从童年便成为我的快乐,
也是我迄今唯一的遗产,
就像莫扎特的音乐,就像深夜的黑色。

1910 年代
皇村

把我们称为上帝荒谬的祭司……

——致瓦·谢·斯列兹涅夫斯卡娅

神奇的命运把我们称为
上帝荒谬的祭司,
但我清楚地知道——不眠
会把我们收编在耻辱柱旁,
去约会吧,和那讥笑我们的人,
去爱吧,那没有邀请我们的人……
看看那儿——它就要开始了,
我们血染的黑色狂欢节。

1910年代
皇村

新年的节日多么漫长……

——致瓦·普·祖波夫伯爵①

新年的节日多么漫长,
小窗上的雪光多么洁白耀眼。
今天我思念着您,
寄去对您温柔的祝愿。

就让我坐在地下室读书,
简单地度过一个个夜晚,
我们当时作出了明智的约定,
我将不必信守诺言。

而您仍将是我忠诚的朋友,
不会对我生气,
您可知道,我病卧在沙发床上,
已经有三天。

---

① 瓦·普·祖波夫(1884—1969),俄国艺术理论家、哲学教授,艺术历史学院的创办者。1925年移民国外,1969年死于巴黎。

看着那束您送来的玫瑰,
它们温柔而慵懒,
我便会想起涅瓦河左岸边
那栋房子的幽暗。

1910 年代

活着的日子所剩不多……

活着的日子所剩不多,
已经没有什么令我恐惧,
但是我听到过你
心脏的跳动,让人怎能忘记?
我平静地知道,这其中
是永不熄灭的火焰的秘密。
即使你不看我一眼,
但愿我们还会偶然相遇。

1910 年代

亲爱的旅人啊，你路途遥远……

亲爱的旅人啊，你路途遥远，
但是我有话对你讲。
此时天空中已然亮起了
送别晚霞的烛光。

我的旅人啊，请把你明亮的视线
移向路的右边：
这里生活着一条狡猾的恶龙，
很久以来它就主宰着我的命运。

而在这条恶龙的洞穴中
既没有宽容，也没有法律。
一条皮鞭挂在洞壁上，
禁止我哼唱歌曲。

这条长翅膀的恶龙折磨着我，
它教育我学会顺从，
让我忘却粗鲁的大笑，

让我变得超凡出众。

我亲爱的旅人啊,请把我的话语
带向遥远的城市,
让那个人变得伤心,
知道我活得也像他一样。

> 1921 年 6 月 22 日
> 彼得堡,谢尔吉耶夫斯卡亚大街 7 号

我们不能见面。我们在不同的阵营……

我们不能见面。我们在不同的阵营,
你是召唤我去那儿吗?无耻的家伙,
那里有我遍体鳞伤的弟兄
接受了天使的花环。

无论是祷告的微笑,
还是你狂热的誓言,
抑或是麻木不仁、摇摇晃晃的幽灵
都不能迷惑
我幸福美满的爱情……

1921 年 6 月

一切都被偷盗,背叛,出卖……

——致娜塔丽娅·雷科娃 ①

一切都被偷盗,背叛,出卖,

黑色死神的翅膀隐隐扇动,

一切都忍受着饥饿痛苦的折磨,

究竟为了什么我们变得高兴?

在白天,城郊外虚幻的森林

散发出樱桃的清香,

在夜晚,七月透明的苍穹深处

崭新的星座在闪烁着光芒,——

而那神秘的事物渐渐走近

这些倒塌的肮脏的楼群……

---

① 娜塔丽娅·雷科娃(1897—1928),俄罗斯文学评论家、翻译家,自1910年年末成为阿赫玛托娃的亲密朋友。

无论谁,无论谁都不清楚,
但它肯定是我们期盼已久的事物。

1921年6月

啊,你以为——我也是那样的女人……

啊,你以为——我也是那样的女人,
可以随便把我忘记,
以为我会扑倒在枣红马的蹄子下,
哀求不止,痛哭流涕。

或者会去找女巫求助,
向她讨要浸泡在神水中的人参,
或者还会寄给你一件可怕的礼物——
我那条作为信物的香巾。

去死吧。我决不会用呻吟和目光
触及你那颗罪孽深重的心灵,
但是我发誓:以天使的花园,
以神奇灵验的圣像,
以我们共同度过的那些炽热迷醉的夜晚,
向你发誓:永远不再回到你的身边。

1921 年 7 月
彼得堡,大喷泉

我听命于你，信守不渝……

我听命于你，信守不渝——
你不必担心，我痛苦地爱着你！
为了我们快乐的友情
现在我向所有的神灵祈祷。
我为你献出了继承优先权
而作为交换却一无所求，
为此，我把孤儿的破衣烂衫
像婚纱一样穿在身上。

1921年7月

恐惧,在黑暗中收拾着东西……

恐惧,在黑暗中收拾着东西,
月光照亮斧头。
墙后传来不祥的敲击——
那是什么,大老鼠,幽灵还是小偷?

他在闷热的厨房里让水流滴答作响,
他清点着松动的地板,
他长着黑色发光的络腮胡子
在阁楼的窗口旁闪现——

之后寂然无声。他多么可恶而狡猾,
藏起了火柴,吹灭了蜡烛。
还不如把步枪闪光的枪口
对准我的胸膛,

还不如在绿色的广场
躺到未经油漆的断头台上
伴着欢乐的呐喊与呻吟

让鲜红的血液一滴不剩地流光。

我把那枚光滑的十字架贴近胸口：
请还给我内心安宁吧，上帝！
冰凉的床单上散发出
甜蜜的令人晕厥的腐烂气息。

1921年8月25日或27—28日 ①
皇村

---

① 据推测，这首诗创作于阿赫玛托娃的丈夫古米廖夫被处决之日。

生铁的栅栏……

生铁的栅栏,
松木的床板,
这是何等的幸福,从此后
我不再把别人艳羡。

有的嚎啕痛哭,有的轻声祈祷,
人们为我铺好这张睡床;
上帝保佑你!现在真好,
世界任你自由徜徉。

如今,那些狂乱的话语
不再会伤害你的听力,
如今,也不再会有人
把蜡烛点亮到凌晨。

我们终于获得了安宁
过上了纯洁的生活……

你还在哭泣——可我不值得你

流下一点儿泪滴。

1921年8月27日

皇村

啊,这没有明天的生活……

啊,这没有明天的生活!
我从每句话中捕捉到背弃,
而那颗爱情递减的星辰
为我冉冉升起。

就这样不易觉察地飞逝而去,
几乎在相遇时也不能发现。
夜晚再次降临。在潮湿的倦意中
会再次亲吻双肩。

我没有讨你喜欢,
我令你感到厌倦。而刑讯还在持续,
如同一名女犯,我遭受着
充满邪恶的爱情的摧残。

有时如兄弟。你沉默不语,好发脾气。
但是如果我们的目光相遇——

我会以上天对你发誓,
让花岗岩熔化在火焰里。

        1921年8月29日
        皇村

我们好不容易分了手……

我们好不容易分了手,
熄灭了没有爱情的火焰。
我永世的敌人,现在正是时候,
你应该找谁去学会真正地爱恋。

我终于自由了。这一切为我带来欢乐——
缪斯会在深夜飞来把我安慰,
而荣誉会在清晨蹒跚着走来
在耳边把铃铛不停地摇响。

你用不着为我祈祷,
离别时,也用不着频频回头。
忧郁的微风会让我平静,
金色的落叶会让我忘记忧愁。

像接受一件礼物,我接受了别离,
而把忘却,看作是上天的赐予。

但是，请告诉我，这十字架般的痛苦
你敢不敢让别的女人去背负？

        1921年8月29日
        皇村

趁我还没有跌倒在栅栏下……

趁我还没有跌倒在栅栏下,
狂风还没有彻底把我摧毁,
那急盼拯救的梦想
如同诅咒,把我瞬间灼伤。

我固执地等待着事情的发生,
就像歌曲中唱到的一样,——
他在白天出没,快乐,一如从前,
自信地叩打着房门,

走进来后,他会说:"够了,
你看,我已经原谅了你。"
没有恐惧,也没有痛苦。
不再有玫瑰,也不再有天使长的神力。

然后在丧失理智的狂暴中,
我将呵护好自己的心,

不经历这一时刻就轻易死去,

我简直无法想象。

                          1921 年 8 月 30 日

                                  皇村

让管风琴的旋律突然响起……

让管风琴的旋律突然响起,
仿佛第一场春天的暴雨:
从你未婚妻的肩膀后
我半眯着的眼睛看得仔细。

爱情的七天,别离后严酷的七年,
战争,叛乱,心灵空虚的家,
小小的手掌沾染无辜的鲜血,
绯红的鬓角上露出一缕白发。

别了,别了,祝你幸福,好朋友,
我会把你甜蜜的誓言归还给你,
但请珍爱你充满激情的女友
请告诉她我独一无二的呓语,——

因为,它会把你们宁静安乐的联盟
用炽烈的毒药刺穿……

而我会去掌管神奇的花园,
那里有小草的低语和缪斯的高声赞叹。

> 1921年8月
> 皇村,医院

对你百依百顺?你简直发了疯……

对你百依百顺?你简直发了疯!
我愿遵从的,唯有上帝的旨意。
我不想心惊胆战,更不要心情悲痛,
对我来说,丈夫是刽子手,家就是监狱。

可是你看到没有!我这是自投罗网……
十二月已经降临,旷野上寒风呼啸,
在你的囚禁下灯火如此明亮,
窗外却被黑暗把守,无处可逃。

就好像在阴云密布的冬季
小鸟用尽全力撞击着透明的玻璃,
洁白的羽毛上浸染着斑斑血迹。

如今,我的心中充满安宁和幸福。
别了,沉寂的人啊,我会永远爱着你,

因为,你在家中收留了一个漂泊的女人。

1921年8月
皇村

你久久凝视的目光让我疲倦……

你久久凝视的目光让我疲倦,
我也学会了折磨自己。
是你的一根肋骨创造了我,
我怎么能不爱你?

遵从古老命运的约定
我成为了你快乐的姐妹,
我变得贪婪而调皮,
成为你最为柔情蜜意的奴隶。

当我奄奄一息,才变得温顺。
我躺在你白雪般的胸膛上,
你那颗阅历丰富的心
是何等欢畅——它就是我祖国的太阳!

1921 年 9 月 25 日

我出语成谶招来亲人的死亡……

我出语成谶招来亲人的死亡,
他们一个个相继死去。
哦,我多么悲痛!这些坟墓
都曾被我不幸言中。
恰似乌鸦们一样盘旋,嗅到了
新鲜的热血的气息,
我的爱情同样欢腾跳跃着,
送来了奇怪的歌声。

和你相伴我觉得甜蜜而狂热,
你这么近,就像胸膛贴着心。
请把手给我,平静地听我说。
我恳求你:快离去。
最好让我不知道,你在哪里。
哦,缪斯,不要呼唤他,
就让他活着,不会吟诵诗歌,

也不懂我的爱情。

1921 年 10 月

彼得堡

他声称,我没有情敌……

他声称,我没有情敌。
对他来说,我不是凡俗的女子,
而是冬天太阳令人快乐的光芒
是祖国边疆的狂野歌曲。
当我死去,他不会感到悲伤,
不会疯狂,呼喊着:"复活吧!"——
但是他会突然明白,身体缺少了阳光,
灵魂没有了歌曲,就不可能活下去。
……可现在该怎么办?

1921 年 11 月 25 日

戏剧的第五幕……

戏剧的第五幕
吹拂着秋日的气息,
公园中的每一个花坛
都宛若新鲜的墓地。
哀悼死者是如此痛苦。
如今我的灵魂
和所有的敌人都已和解。
秘密的弥撒已然举行
我再没有事情可做。
为什么我这样犹豫不决,好像
奇迹很快就会发生。
我用柔弱的手臂
尽力撑住沉重的小船,
让它停靠在码头边,和那些
留在岸上的人辞行。

1921 年秋
皇村

爱人们的灵魂都在高高的星空安息……

爱人们的灵魂都在高高的星空安息。
多好啊,再没人可以失去,
再没人可以为之哭泣。这皇村的空气
就是为了再次唱起那些歌曲。

湖畔上那棵银白色的垂柳
抚摸着九月明亮的水面。
我的灵魂从过去醒来了,默默地
迎面走到我的跟前。

这里的树枝上挂满那么多竖琴……
我的竖琴好像也有一席之地……
而这一小阵罕见的太阳雨,
给我带来了抚慰和美好的消息。

1921 年秋
皇村

我的天使,我和你没有耍滑头……[①]

我的天使,我和你没有耍滑头,
怎么会这样,我把你留下来,
用全部尘世无法补救的痛苦
迫使你成为了我的人质?
桥梁下未冻的水面蒸腾着水汽,
篝火上的火星儿闪烁着金光,
忧郁的寒风可恶地嘶吼着,
一枚涅瓦河畔偶然飞来的子弹
寻找着你可怜的心脏。
在结冰的房子里,你一个人
苍白地躺在暗淡的光线中,
还赞美着我痛苦的名字。

1921 年 12 月 7 日

彼得堡

---

① 此诗以男性的口吻写成。

在那个久远的年代,爱情熊熊燃烧……

在那个久远的年代,爱情熊熊燃烧,
像祭台上的十字架,悬在注定失败的心中,
你没有像可爱的鸽子依偎
在我的胸前,而是像老鹰用爪子把它撕碎。
你是第一个背叛的女人,你用该死的烈酒
把自己的朋友灌醉。
但是此刻你注视着
那双绿色的眼睛,严厉的唇吻
徒劳地祈祷着甜蜜的恩赐
这样的誓言,你还从来没听到过,
也从来没有人说起过。
往泉水中投毒的那个人,
因为跟随他的脚步走到荒野之上
口渴难忍,自身迷失了方向,
他无法在昏暗中分辨泉源。
他靠近冰凉的泉水,饮下死亡,

但最终不知能否消除这死亡和渴望?

1921年12月7—8日

彼得堡

不要让尘世的快乐使心灵疲倦……

不要让尘世的快乐使心灵疲倦,
不要对妻子和家庭过于眷恋,
请从自己孩子的手中拿过面包,
把它赠予陌生人。

谁是你不共戴天的仇敌,
就去做他恭顺的仆从,
请把林中的野兽称为兄弟,
什么都不要祈求上帝。

1921 年 12 月

为何你不知所措地徘徊……

为何你不知所措地徘徊,
屏气凝神地观望?
想必你已然明白:两个人
紧紧地维系于一颗灵魂。
你会的,你会成为我的慰藉,
让我不再梦到别人,
而你欺侮我的狂怒话语——
开始痛苦地返还给你自身。

1921 年 12 月
彼得堡

那位天使，呵护了我三年……

那位天使，呵护了我三年，
已在光芒和火焰中升天，
而我耐心等待那个甜蜜的日子，
等待他重新回到我的身边。

面颊塌陷，双唇苍白，
人们都无法辨认我的容颜；
要知道我并非特别美丽，也并非
那位用歌声诱惑他的美女。

在尘世我早已无所畏惧，
记着那些离别时的话语。
当他走进来，我会向他屈膝膜拜，
而先前只是稍稍点头而已。

1921年？
1922年

诽谤

诽谤处处伴随着我。
睡梦中我也能听到它爬行的脚步声,
冷漠的天空下,死寂的城市中,
为了面包和栖身处,在街头侥幸地徘徊。
众人的眼睛里都闪烁着它的反光,
有时像是背叛,有时像无辜的恐惧。
我并不惧怕它。对它每一次新的挑战
我都会给予应有的、无情的还击。
但我已然预感到那不可避免的一天——
朋友们会迎着曙光向我走来,
用嚎啕的哭声惊扰我甜蜜的梦境,
把圣像放到我僵冷的胸脯上。
任何人都不知道它会乘虚而入,
在我的血液中,它贪婪的嘴巴
不知疲倦地数落那些虚构的委屈,
把自己的声音融入追荐死者的祈祷中。
众人都听清了它那可耻的呓语,
让邻居不能抬眼望见邻居,

让我的身体留存在虚空里，
让我的灵魂最后一次
燃烧尘世的虚弱，在黎明的雾气中飞翔，
对残留的大地燃起狂热的怜惜。

1922 年 1 月 14 日
别热茨克—彼得堡，车厢中

他低声说:我甚至不惜……

他低声说:"我甚至不惜
用这样的方式爱你——
或者你完全属于我,
或者让我杀死你。"
这声音在我头上嗡嗡作响,像牛虻,
多少天来片刻不曾停息。
这般恶毒阴暗的嫉妒
是你最为贫乏的证据。
痛苦折磨着我,但不会让我窒息,
自由之风把泪水吹去,
只需快乐轻轻爱抚,
不幸的心灵会立刻变得安逸。

1922年2月

预言

我见过那顶黄金打造的桂冠……
请不要对它过于羡慕!
因为,它根本就配不上你的面孔,
本身便是偷来的赃物。
我的桂冠用弯曲的荆棘紧密编成
戴在你的头上闪闪发光。
没关系,它会用深红色的露珠
使你娇嫩的额头清新凉爽。

1922 年 5 月 8 日

最好让我大病一场,在高烧的呓语中……

最好让我大病一场,在高烧的呓语中
与所有的亲人再次相见,
在微风吹拂、阳光和煦的海滨公园
沿宽阔的林荫道漫步流连。

甚至那些死者和流放犯们
如今也同意到我的家中团聚。
请你牵着孩子的手,也领他来吧,
我思念他已经很久很久。

我要和亲爱的人们品尝蓝色的葡萄,
一起畅饮冰凉的美酒
还要一起观看,银白色的瀑布飞流而下
注入潮湿的乱石堆积的潭底。

1922 年春

那些抛弃了国土,任仇敌蹂躏的人……

那些抛弃了国土,任仇敌蹂躏的人,
我决不会与他们为伍。
我不会去听他们粗俗的谄媚,
更不会为他们献上自己的歌声。

而我永远会怜悯流放的犯人,
无论他是囚徒,还是病夫。
流浪的人啊,你的道路黑暗苍茫,
异乡的面包又酸又苦。

在这里,大火的浓烟之中
我们虚度着残余的青春,
对自身的任何一次打击
我们都不曾回避。

但是我们知道,在未来的评判中,
每一时刻都将证明我们无罪;

在世上不流泪的人中间,

没有人比我们活得更高傲和纯粹。

1922 年 7 月

彼得堡

魔鬼没有出卖。一切我都办到了……

魔鬼没有出卖。一切我都办到了。
这就是强大的明显标志。
请从胸口掏出我的心,丢弃给
那只最饥饿的野狗。

我对什么都已经不再有用。
我一个词也不再说出。
没有现在——我为过去自豪
为这样的耻辱窒息而死。

1922 年 9 月

那个惩罚的黄昏多么公正……

那个惩罚的黄昏多么公正,
我却无论如何不能把它摆平。
但愿你彻底安静下来——
你本来就是我的仇敌和男人,

那位妨碍我祈祷的人,
他不想治好我的悲痛,
那个每天深夜扰乱你梦境的人,
却如此温顺,安宁。

是你对那些缺乏信心的人未加斥责
而是揭穿他们,并加以教育!
是你并未过分恳求
使自己摆脱所有污秽丑恶的东西!

"我自己也不清楚,到底发生了什么,
莫非我正在走向死亡?
瞧她在我面前像个孩子似的

胡言乱语,乱跑乱撞。

我从她的眼中啜饮了
晶莹的水滴——那是羞愧的泪水。"
是啊,因为这泪水,你的双手
永远变得虚弱无力。

1922 年

你怎么可以,刚强而自由的人啊……

——致弗·卡·希列伊科[①]

刚强而自由的人啊,你怎么可以
在柔情的双膝边就忘记,
毁灭和腐烂
在惩罚着我们的原罪。

你为何把创造奇迹日子的全部秘密
都给了她作为消遣,——
她会用自己野蛮的手
把你的荣誉毁灭。

感到羞愧吧,不要在世俗的妻子那里
恳求有助于创作的痛苦。

[①] 弗拉基米尔·卡济米罗维奇·希列伊科(1891—1930),俄罗斯东方学者、诗人、翻译家,阿赫玛托娃的第二任丈夫。1918年与阿赫玛托娃结婚,1926年离婚。直到希列伊科去世,他们都保持了较好的关系,并时常书信往来。

这样的人已经被流放到了修道院

或在高高的篝火上面烧死。

1922 年

我不会用你的名字亵渎双唇……

我不会用你的名字亵渎双唇。
任何作孽的思绪都不会造访我的梦境,
只是对你的思念,如同圣经中那丛灌木,
可怕的七年间都为我照亮旅程。

你就像一个过路人迷惑住了我,
你那么快乐,长着绿色的眼睛,
痴迷少女、骑马和游戏。
…… ……

七年就这样流逝而去。光荣的十月,
黄色的树叶般,抛下了人们的生命。
最后一艘轮船载上我的朋友
飞离了滚烫的祖国可怕的海岸。

1924 年?

你会原谅我的一切……

你会原谅我的一切:
甚至会原谅,我不再年轻,
甚至会原谅,那与我名字相关的,
像宁静的火焰冒出腐臭的浓烟,
那永远融成一片的暗中诽谤。

1925 年 2 月 25 日

请你原谅我,我自理能力太差……

请你原谅我,我自理能力太差,
自理能力太差,却活得很幸福,
我会给你在歌声中留下纪念,
不在梦中也会把你梦见。
请你原谅,众人对我还不了解,
请你原谅,永远与我的名字相伴的,
像刺激的浓烟伴随着快乐的火焰,
暗中的诽谤混成了一片。

1927 年 8 月 23 日

如果不安的月光缓慢移动……

如果不安的月光缓慢移动,
整个城市沉浸在剧毒的溶液中。
我没有一点点睡意,
透过绿色的烟雾,我看到的
不是我的童年,不是大海,
也不是飞舞求爱的蝴蝶
在开满了雪白的水仙花的垄岗上
在那个不可知的一九一六年……
我看到的是,你墓地上的柏树
永远凝固的环形之舞。

1928 年 10 月 1 日
列宁格勒

讽刺短诗

在这里绝美的女子们争执不休,
为了能够荣幸地嫁给刽子手。
在这里他们每晚对虔诚的信徒拷问,
还用饥饿摧残那些不知疲倦的人。

1928 年

再次到夜晚的密林中去吧……

再次到夜晚的密林中去吧,
那里有流浪的夜莺在清啼,
它的歌声甜美,堪比草莓和蜂蜜,
甚至超过了我的醋意。

1920—1930 年代?

两行诗

别人对我的颂扬——恰似炉灰。
而你对我的诽谤——好比赞美。

1931 年春

野蜂蜜散发自由的气息……

野蜂蜜散发自由的气息，
而灰尘——散发阳光的芬芳，
少女之唇——有紫罗兰的清香，
而黄金——没有任何味道。
木犀草有清水的气息，
爱情散发苹果的芳香，
但我们永远明白，
血只散发血的味道……

那位罗马总督当着众人
在无知的贱民不祥的叫喊下
徒劳地清洗自己的双手；
还有那位苏格兰女王
在皇宫窒息的幽暗中
枉然地从自己细瘦的手掌上
擦拭去红色的斑点。

1934年
列宁格勒

为什么你们往水里下毒……

为什么你们往水里下毒,
往我的面包里掺杂脏物?
为什么你们把最后的自由
变成了卖淫窟?
是因为对朋友们悲惨地死去
我没有嘲笑挖苦?
是因为我忠诚地留了下来,
不愿抛弃这片凄凉的国土?
随它去吧。不遭遇刽子手和断头台
这样的诗人世间稀无。
我们要披上忏悔的外衣,
我们要举起蜡烛,一路前行,放声痛哭。

1935 年

他是否会派天鹅来接我……

他是否会派天鹅来接我,

或是小船,或是黑色的木筏?——

在第十六个春天

他许诺,他会很快亲自来看我。

在第十六个春天

他说过,我要像鸟儿一样

穿过黑暗与死亡向着他的安宁降落,

我会把翅膀贴向他的肩膀。

他的眼睛还对我微笑

而如今,已是第十六个春天。

我该怎么办!午夜的天使

直到黎明都在和我交谈。

1936 年 2 月

莫斯科(阿尔多夫家附近的纳朔金斯基)

沃罗涅日^①

——致奥·曼德里施塔姆^②

整个城市站在冰天雪地里。

树木,墙壁,积雪都像蒙上一层玻璃。

我胆怯地从这水晶之上穿行。

带花纹的雪橇不自信地向前滑动。

而在沃罗涅日的彼得上空——是鸦群,

杨树,和阳光粉尘里的

冲刷过的,浑浊而淡绿的苍穹,

在这片雄壮而战无不胜的土地

山坡上还飘荡着库里科沃战役^③的气息。

而那些白杨,像碰撞的酒杯,

---

① 位于俄罗斯西南部,是俄罗斯中央联邦区最大工业和文化中心,曼德里施塔姆曾被斯大林流放到这里。

② 奥西普·爱米尔耶维奇·曼德里施塔姆(1891—1938),俄罗斯白银时代著名诗人、散文家、诗歌理论家。代表作为《石头》《特里斯提亚》《斯大林讽刺诗》。

③ 1380年9月8日,莫斯科大公德米特里·伊万诺维奇率罗斯军队同蒙古军队于库里科沃原野进行的一次战役,是中世纪最大的会战之一。战后,德米特里被授予"顿斯科科"(顿河英雄)的称号。

蓦然在我们的头上有力地喧响，
仿佛结婚的盛宴，为了我们的快乐
千百位宾客一起举杯畅饮。

而遭受贬黜的诗人房间里
恐惧和缪斯在轮流值班。
黑夜潜行，
它不知道黎明。

1936 年 3 月 4 日

我对你隐藏了心灵……

我对你隐藏了心灵,
把它仿佛抛入了涅瓦河底……
我像一只驯服的、没有翅膀的小鸟
生活在你的家里。
只在夜深人静时听见咯吱声响。
那是什么——在陌生的朦胧中?
是舍列梅捷夫家的菩提树……
还是家神在相互召唤……
它小心翼翼地传过来,
恰似潺潺流动的水声,
宛如不幸的凶恶低语
灼热地贴近了我的耳朵——
它絮叨着,好像要彻夜不息地
在那里忙活什么:
"你希望享受安逸,
可你知道,你的安逸,它在哪里?"

1936 年 10 月 30 日
列宁格勒(深夜)

一些人投来温柔的目光……

一些人投来温柔的目光，
另一些人饮酒直到天光大亮，
而整个夜晚，我都在跟自己
桀骜不驯的良心进行谈判。

我说："我承受着你沉重的
负担，你知道，度过了多少年。"
而对于良心不存在时间，
在尘世也没有它的空间。

又是谢肉节黑暗的夜晚，
不祥的公园，从容奔驰的马车，
还有充满幸福和快乐的爽风，
从高耸云天的峭壁上向我吹拂。

但那位平静的长着双角的见证者
站在我的上空……，啊！去那里，去那里，

沿着古老的波德卡普里佐维小道①,
那里有一群天鹅,一池死水。

1936年11月3日

---

① 皇村中一条连接亚历山大公园和叶卡捷琳娜公园的岔路。

一点点地理 ①

——致奥·曼德里施塔姆

不是那座因美丽而赢得桂冠的

欧洲的首都——

而是叶尼塞窒息的流放地,

是换乘到赤塔,

到伊希姆,到那干旱的伊尔吉兹,

到那光荣的阿克巴萨尔,

是押解至斯沃博德内劳改营,

在腐烂的木板床死尸的气味里,——

这个城市以它幽蓝的子夜

呈现给我,

它,被第一位诗人讴歌,

被我和你——两个罪孽沉重的人赞美。

1937 年

---

① 此诗是阿赫玛托娃献给好友、诗人曼德里施塔姆的,诗中提到的几处俄罗斯地名都与后者被捕、流放相关。

我,被褫夺了火与水……

我,被褫夺了火与水,
被迫与唯一的儿子别离……
站在可耻的不幸的断头台上,
就像站在帝王的伞盖下……

1930 年代

所有人都走了，谁也没回来……

所有人都走了，谁也没回来，
只有我最后一位朋友，忠诚爱的誓言，
为了看清这血染的整个天空，
只有你一个人回头。
该死的家，该死的事，
那首歌徒然唱得温柔，
面对自己可怕的命运
我都不敢抬起自己的眼睛。
他们玷污了圣洁的词汇，
他们践踏了神圣的语言，
因此在三七年我和助理护士们
擦拭着血迹斑斑的地板。
他们把我和唯一的儿子分离，
他们在囚室里把友人们审讯，
用无形的木板墙包围
严密地与自己的监视器协调一致。
因为我极端厌恶地诅咒过全世界，
他们把失语症作为对我的奖赏，

他们让我尝够了太多的侮辱,
他们让我喝下了太多的毒药
而且把我流放到天涯海角,
不知因为什么留在那遥远的地方。
我觉得城市里的疯子真好,
能在临死前的广场上游荡。

1930 年代

1960 年

忧郁的心情就这样飞逝而去……

忧郁的心情就这样飞逝而去……
——你不必聆听,我说的都是胡言乱语。

你不期而至,偶然出现——
本来你与任何约定日期都没有关系,

如今请和我多待上一些时间,
你记得吗,我们曾一起到过波兰?

那是在华沙的第一个清晨……你是谁?
是第二还是第三个?——"第一百位!"

——嗓音仍是这般,一如先前。
——你可知道,多年来我一直把你企盼,

盼你回到我的身边,我不快乐,你看。
在尘世我一无所求,

既不需要荷马的雷霆,也不需要但丁的歌女。
很快我就要起身去那幸福的河岸:

特罗伊还没有陷落,艾阿巴尼①还活着,
一切都隐没在芬芳的云雾里。

我愿在那绿色的柳树下打个盹儿,
而这个声音无法使我安宁。

那是什么?——是从山上归来的牧群?
只不过凉爽的风还没吹到脸上。

或许是神甫走来,手中捧着圣餐?
此刻满天繁星,黑夜笼罩了群山……

还是召集人民去开市民大会?——
"不,这是你最后一个夜晚!"

1940年3月11—20日
1940年11月7日

---

① 现译作恩奇都,苏美尔史诗《吉尔伽美什》中的英雄,阿赫玛托娃的第一任丈夫古米廖夫曾将《吉尔伽美什》译为俄语。

我哄睡了鬈发的小儿……

我哄睡了鬈发的小儿,
就去湖边打水,
我唱着歌,心情快乐,
水打满了,我侧耳聆听:
我听到了那熟悉的声音,
那是从湛蓝的水波下
传来的教堂的钟声,
在我们的基捷日城堡①也曾这样鸣响。
那些大声在叶戈里耶回荡,
那些小声来自报喜教堂,
它们用威严的声音说道:
你自己一个人躲过了攻击,
你没有听到我们的呻吟,
没有看到我们痛苦的死亡,
但在上帝的圣座边

---

① 俄罗斯传说中位于下诺夫戈罗德地区北部的一座古城,相传在鞑靼人入侵时,因为没入水下而躲过灾难。

那永不熄灭的蜡烛为你燃亮。
究竟为何你在此地耽搁
不急着戴上自己的花冠?
你的百合在晚祷时盛开了,
垂地的婚纱也已经织成。
你究竟为什么让战士兄弟,
年轻纯洁的修女姐妹,
和自己的孩子伤心?……
当我听到那最后一句话,
我的眼前突然漆黑一片,
我回头张望,看见房子大火冲天。

1940年3月13—14日(夜)

关于纳尔布特①的诗歌

——尼·哈尔吉耶夫②

诗歌——是失眠的残渣，

诗歌——是弯烛的遗泪，

诗歌——是千百个雪白的钟楼

清晨的第一次轰鸣……

诗歌——是温暖的窗台

沐浴着切尔尼戈夫③的月光，

它是蜜蜂，是草木犀，

它是尘埃，是黑暗，是激情。

1940年4月

莫斯科

---

① 弗拉基米尔·纳尔布特（1888—1938），俄罗斯白银时代诗人和文学活动家，曾参加"诗人车间"，1937年被捕，死于古拉格。

② 尼·哈尔吉耶夫（1903—1996），俄罗斯作家、新文艺史学家。

③ 乌克兰北部城市，切尔尼戈夫州首府，位于第聂伯河中游左岸支流杰斯纳河畔。

节选自组诗《青春》

我年轻的双手
签署了那份协议
在那些鲜花亭子
和留声机的杂音之间,
在煤气灯醉醺醺的斜视的
目光之下。
我比这个世纪
整整大了十年。

稠李树白色的葬礼
已在黄昏时分举行,
它们纷纷扬扬洒落着细小的
芬芳干爽的花瓣雨……
那些云朵里渗透了
对马海峡鲜血的泡沫,
轻快的四轮马车托运着
今天的那些牺牲者……

而我们却以为当时的那个夜晚

好像一场化装舞会,

好像一次节日狂欢,

好像一幕豪华隆重的神奇场景①……

从那幢房子——没费一点木屑,

开辟出了那条林荫道,

而那些帽子和鞋后跟儿

早已长眠于博物馆。

谁知道,在塔楼坍塌的地方,

天空是多么空旷,

谁知道,儿子一去不复返的家中,

是多么寂寥。

恰如良心和空气,你和我

在一起,片刻都不分离,

为什么你非得让我作出回答?

我熟悉你那些证人:

时而是巴甫洛夫斯克火车站

那被音乐烧红的尖顶

时而是巴博罗夫宫旁

---

① 原文此处为法语: grand-gala。

那喷吐着白色泡沫的瀑布。

1940 年 5 月 3 日
1940 年 9 月 29 日

书上题词

——致米·洛津斯基

正当世界崩溃之时，

几乎是从高飞的阴影中，

作为对您美好馈赠的回报，

请接受我这份春天的礼物。

让心灵崇高的自由

在一年四季的交替中，

牢不可破，忠贞不渝，

见证我们的友谊，——

还要温柔地冲我微笑，

一如三十年前那样……

无论是夏宫花园的围栏，

还是白雪覆盖的列宁格勒，

仿佛从魔镜的烟雾中

都会在这本书里显现。

而在那条沉思的忘川之上

复活的芦苇重又沙沙作响。

       1940 年 5 月 28—29 日
       列宁格勒,喷泉楼

但是我警告你们……

但是我警告你们,
这是我最后一次活着。
不像燕子,不像槭树,
不像芦苇也不像星辰,
不是泉水,
也不是钟声——
我不再用未得到满足的哀怨声
去折磨他人,
也不再去窥探别人的梦境。

1940 年 11 月 7 日

我正在做的事,每个人都能做……

麻风病人在祈祷……
　　　　　　　　　　　　——瓦·勃留索夫

我正在做的事,每个人都能做。
我没溺死在冰河里,也没因渴望痛苦已极。

我没有和几位勇士拿下芬兰的永备发射点,
也没有在暴风骤雨中拯救过一艘轮船。

躺下睡觉,起床,吃下寒酸的午餐
在路边的长椅上坐一坐,

甚至,会偶然遇见滑落的流星
或者一排熟悉的灰色云朵,

要突然对它们微笑,想必会非常困难。
况且我正惊讶于自己神奇的命运,

我试着习惯它，却总是不能，
就仿佛不能习惯纠缠不清的、机警的敌人……

然后，从生活在祖国法律仁慈之下的
两亿苏联人中间，

能否随便找个什么人，把他最痛苦的时刻
来与我的交换——我问你们！

而不是面带真诚的微笑，犹如丢弃恶毒之根
把我的姓名抛弃。

哦，上帝！请看一眼我轻微的功绩，
请不加惩处地放这个做完事的人回家去。

1941 年 1 月
喷泉楼

这就是它了——那秋日的风景……

这就是它了——那秋日的风景,
我一生都如此怕它:
天空——恰似灼热的深渊,
城市的声音——仿佛来自另外的世界,
永远清晰,而又陌生。
就好像那一切,我整个一生
都在内心与之搏斗的,获得了
另外的生命,化作了
这些盲目的围墙,这座黑色的花园……
在那一刻,我的肩膀之后,
我先前的老房子
还眯缝着冷淡的眼睛凝视着我,
那是让我永远难以忘怀的窗口。
十五年——好像伪装成了
花岗岩般的十五个世纪,
而我就像花岗岩本身:
此刻祈祷吧,痛苦吧,请把我称作
海洋公主。无所谓。不应该……

但我应该相信自己，

这一切都已经发生过多次，

不仅涉及我一个——还有别人，——

甚至更糟。不，不是更糟——是更好。

我的声音——想必，曾经

显得最为可怕——它从黑暗中发出来：

"十五年前你用怎样的歌声

来迎接这一天，你恳求天空，

群星的合唱团，流水的合唱团，

来迎接这次激动的约会，

要见的人，今天你刚离开他的身边……

这就是你白银的婚礼——

请招呼客人们，把自己打扮漂亮，庆祝吧！"

1942 年 3 月
塔什干

又一首偏离主题的抒情诗

整个天空罩在红褐色的鸽群里,
窗上装着铁条——禁宫中的心情……
仿佛幼芽,话题投放得太多。
没有你,我不会离去——
越狱者,难民,叙事诗。

然而,真的,我会想起那个夏日,
塔什干在繁花中绽放耀眼的光芒,
整个被白色的火焰拥围,
灼热,芳香浓郁,匪夷所思,
不可思议……

事情发生在那个万恶的年代,
那时,"菲菲小姐"[①] 重又变得
蛮横无礼,就像在七十年代。

---

① 莫泊桑同名小说《菲菲小姐》中的主人公——普鲁士军官冯·艾里克少尉的绰号,他性格特别凶残。

而我必须在火红的晚霞中
翻译鲁特菲①的诗句。

还有那些苹果树，原谅它们吧，上帝，
像是因婚礼而处于爱的战栗。
灌溉的沟渠说着方言，
今天它被释放，絮絮闲聊。
而我快写完《单数》
又陷于歌唱前的痛苦之中。

我可以看到我的叙事长诗的
内部。其中的冰冷，
就像在家里，有芬芳的昏暗
窗子紧闭，隔绝酷热，
那里暂时还没有主人公，
但是罂粟像鲜血般流淌……

1943年11月8日
塔什干，巴拉霍纳

---

① 这里的"鲁特菲"似指维吾尔族诗人阿卜杜拉·鲁特菲（1366—1465）。他一生中著有20余部著作，题材广泛，其中爱情长诗《古丽与诺柔孜》(《花与春》) 长达4200余行，以民间传说为素材创作而成，在中国新疆及中亚各国广为流传。

你以名人的身份返回我身边……

你以名人的身份返回我身边,
身上缠绕着深绿色的枝蔓,
气质优雅,冷漠而高傲……
我从前认识的你不是这般模样,
不是为此我才从
黏稠的血污中把你救出。
我不会与你分享成功,
也不会为你高兴,而只会哭泣,
你非常清楚这是为什么。
长夜过去,力量所剩不多,
请救救我,像我救你一样,
请不要把我抛弃到沸腾的黑暗里。

1944年1月6日
塔什干,索切里尼克

内景①

当月光像一片查尔朱②甜瓜
照耀在窗子的边缘,四周闷热,
当屋门关闭,浅蓝的藤萝
用它轻盈的枝蔓为房子施展魔法,
浴巾般的雪地,白色的蜡烛——
仿佛一切都是为了盛典。只是,不觉得疲倦,
寂静在低诉,听不到我的话语,——
那时,从伦勃朗③角落的黑暗中
有什么突然聚成一团,旋即消失,
但我并未心跳剧烈,甚至没有恐惧。

在这里孤独把我捉进了罗网。
女主人的黑猫望着我,像世纪的眼神。

---

① 原诗题目为拉丁语:INTERIEUR。
② 现称土库曼纳巴德,是土库曼斯坦东部的中心城市,位于阿姆河畔。
③ 伦勃朗·哈尔曼松·凡·莱因(1606—1669),欧洲17世纪著名画家。他善于画黑色背景上的人和事物,用光线强化画中的主要部分,使中心人物犹如被一线光柱照耀。

就连镜中的影像也不想帮助我。

我要甜蜜地睡去。晚安,晚安!

1944 年 3 月 28 日

塔什干

我已经有七百年没在这里……

我已经有七百年没在这里，
但什么都未曾改变……
上帝的仁慈从不容置疑的高空
流淌下来，一如往昔，

还是那样的星辰与流水的合唱，
天空的穹窿还是那般黑暗幽深，
微风还是那样吹动着谷物，
母亲唱的还是那首歌曲。

它多么结实，我亚洲的房子啊，
不必为它忧虑……
我还会回来。盛开吧，栅栏，
快注满吧，清澈的水潭。

1944 年 5 月 5 日

我们神圣的职业……

我们神圣的职业
已存在了千年……
有了它,黑暗的世界也会一片明亮。
而一个诗人也未曾说过,
这世间没有智慧,没有衰老,
可能,也没有死亡。

1944 年 7 月 25 日
列宁格勒

是的，在断绝往来的日子总会这样……

是的，在断绝往来的日子总会这样，
初恋的幽灵叩打我们的心扉，
银白色的柳树闯了进来，
舞动着枝条，苍老而华美。
我们狂怒，痛苦，傲慢，
不敢把眼睛从大地上抬起，
一只小鸟亮开幸福的歌喉
唱着，我们彼此在昔日是何等爱惜。

1944 年 9 月 25 日

啊,这个人,对我来说……

啊,这个人,对我来说
如今谁也不是,而在最痛苦的岁月
曾是我的惦念与慰藉,——
他幽灵般胡言乱语,沿着城郊边缘,
走在生活荒凉而僻静的角落,
丧失了理智般,心绪沉重,头脑昏昏,
呲着恶狼般的牙齿……
上帝,上帝,上帝啊!
我对你犯下了多么严重的罪孽!
至少请为我保留些怜悯……

1945 年 1 月 13 日

回忆包含三个阶段……

最后一泓泉水——是遗忘冰冷的源泉。
它最为甜美,消除着内心的灼热。

——普希金

回忆包含三个阶段。
第一个——仿佛是昨天。
心灵栖息在它们美好的穹窿之下,
肉体在它们的荫蔽下怡然自得。
欢笑还未停止,眼泪流淌而下,
墨水的斑痕无法从桌子上擦去——
如同内心的烙印,那一吻,
唯一的,惜别的,永志难忘……
但这些持续得不会太久……
头顶上已然不是天空的穹窿,而是在某处
荒僻的郊外一座孤独的房子,
那里冬季严寒,夏日酷热,
一切事物上都覆盖了蜘蛛和尘土,
火焰般的书信正在腐烂,

画像悄悄地更换，
人们去那里像是走向墓地，
返回后，用香皂不停地清洗着手臂，
从疲惫的眼睑里
抖净迅速滑落的泪水——还有沉重的叹息……
但时钟嘀嗒，春天转换
一个接一个，天空化为绯红，
许多城市改变了名字，
事件的见证者已然不在，
没有谁可以一起哭泣，没有谁可以一起回忆
身影慢慢离我们而去，
我们已经不能召唤他们，
如果他们归来会令我们恐惧。
哦，突然醒来后，我们看见，我们甚至
忘记了通向那座孤零零房子的道路，
因羞惭和愤怒而窒息，
我们奔向那里，但是（如同梦中所遇）
那里一切面目全非：人，物，墙壁，
谁也不认识我们——我们成了陌生人。
我们去的不是地方……我的上帝！
而此刻最痛苦的事发生了：
我们意识到，我们不能把那些过去
放进我们生活的边界里，
它对于我们来说是如此怪异，

就像是我们房子的邻居,
那些逝去者,我们最好不认识,
而那些人,被上帝命令和我们别离的人,
出色地绕过了我们——甚至
生活得越来越好……

        1945年2月5日
        喷泉楼

很久以来我就不喜欢……

很久以来我就不喜欢,
人们对我的怜悯,
而带着你的点滴怜悯
我一路走来,仿佛阳光注入身体。
因此四周霞光普照。
这就是为什么,
我一路走来,创造着奇迹!

1945 年 12 月 20 日

众人曾开玩笑地把那人……

众人曾开玩笑地把那人
称作王，实际他是上帝，
他被杀死，他的刑讯工具
被我温热的胸膛焐暖……

基督的证人们领略了死亡，
那些好搬弄是非的老婆子，那些士兵，
甚至罗马总督——所有人都来过了。
在那里，从前曾有拱门高高耸立，
那里海浪拍岸，那里峭壁漆黑，——
在罪孽中饮下它们，把灼热的尘土
和幸福的玫瑰清香一同吸入。

黄金锈蚀，钢铁腐烂，
大理石化作碎屑——面对死亡一切就绪。
大地上最坚固的是痛苦，
而最恒久的是——雄伟壮丽的词语。

1945 年

玻璃窗上冰雪在消融……

玻璃窗上冰雪在消融。
钟表在反复地絮叨:"别害怕!"
听得见,有什么在向我走来,
我害怕那个死去的女人。
仿佛对着圣像,我向屋门祈祷:
"请别把不幸放进来!"
谁在院墙下哀号,像一只野兽,
是什么藏在花园里?

1945 年
喷泉楼

你清楚,我不能赞美……

你清楚,我不能赞美
我们相见时最痛苦的一天。
用什么给你留作纪念,
我的影子?给你影子有什么用?
那焚毁的剧本题词,
它的灰烬也已荡然无存,
或者是那张突然从镜框中脱落的
可怕的新年照片?
或者是桦木焦炭燃烧时
隐约可闻的声音,
或者是,我还没来得及
讲完的别人的爱情?

1946年1月6日

我们没有吸入迷梦的罂粟……

我们没有吸入迷梦的罂粟,
也不清楚自己的罪过。
在怎样的星辰昭示下
我们生来就使自己痛苦?
这一月的黑暗为我们送来了
多么难以下咽的稀汤?
是什么样的隐秘的火光
让我们在天亮前变得疯狂?

1946 年 1 月 11 日

狡猾的月亮注视着我……

狡猾的月亮注视着我,
它隐藏在大门边,
它看我如何把自己死后的荣誉
换取了那个夜晚。

如今人们将把我忘却,
柜子中的书籍也将腐烂。
他们也不会用阿赫玛托娃来命名
一条街道,一首诗篇。

1946 年 1 月 27 日
列宁格勒

我会宽恕所有人……

在耶稣复活之时,
我会宽恕所有人,
那背叛我的,我吻他们的额,
那没有背叛的——我吻他的唇。

1947年或1948年(复活节)

莫斯科

祝酒歌

——选自组诗《短歌》

花纹图案的桌布下面
看不到桌子。
我不是诗歌的母亲——
我做过它们的继母。
哎,洁白的纸啊,
一行行整齐的诗句。
多少次我看着它们,
燃烧成灰烬。
它们被诽谤摧毁,
它们被锤子敲击,
被烙印上,烙印上啊
苦役的标记。

1955 年

情歌

——选自组诗《短歌》

本来我和你
就没有真爱过,
只不过那时我们
曾分担了一切。
给你的是——整个世界,
自由的道路,
给你的是钟声激荡的
黎明。
而给我的是棉坎肩,
带耳罩的帽子。
请不要可怜我,
一个服苦役的女人。

1955 年

就让有的人还在南方休憩吧……

你重又和我在一起,秋日女友!

——英·安年斯基

就让有的人还在南方休憩吧
在天堂般的花园里悠游。
这里是北方之北——这一年
我选中了秋天作为女友。

我梦见,仿佛住在陌生人家里,
在那里,也许,我已经死去。
好像,索米① 悄悄注视着
自己空荡荡的镜子。

我走在黑色矮小的云杉间,
在那里,寻石南如同微风,
月亮暗淡的碎片闪烁着,

---

① Suomi,芬兰民族对自己的称呼。

像是有许多缺口的芬兰刀子。

我把美好的记忆带到了这里
与你那最后一次错失的相遇——
燃烧着冰冷的,纯净而轻盈的火焰,
这火焰是我对命运的胜利。

1956 年 10 月
科马罗沃

这个声音没有欺骗我……

这个声音没有欺骗我，

是时候了，是时候了，不速之客，您该上路了，

但是，据说，他时常吸引凶手

还要从远处回头注视尸首。

但是，据说……完全不是这回事，

是到了进入睡梦的时刻，

就像展翅的蜻蜓，我歌唱着

夏天，冬天，秋天和春天。

好像，计划已经完成，

在这个世界上，我怜悯那些

莎士比亚的悲剧在上演，

陌生的镜子里是可怕的幽灵。

大家正在离去——我应该留下……

此刻正是大地冰封。

在不知通向何方的阶梯旁

可以和一个人告别。

但是一切都已经一清二楚

…… ……（我应该留下）

它可以像一座炼狱
甚至更坏。这也可能。

1956年

……什么！仅仅十年……

……什么！仅仅十年，你在开玩笑，我的上帝，
哦，你怎么这么早就回来了，
我完全没料到——好像你刚刚和我告别
在某个可怕而陌生的严冬。

看看那些成百上千的诗行，
那里写着，我是多么可耻，罪孽深重。

1956 年

选自组诗《焚毁的笔记本》

就让我的船沉入水底,
房子化作尘烟……
请读读这一切吧——我无所谓,
我在和一个人交谈,
他没有一点过错,
不过,我和他也非亲非故。
…… ……
刺痛的内心
听到一声呐喊:去死吧!
在金色的喷泉楼里
那些灯光写下了些什么?

1956 年

我歌唱这次见面,歌唱这个奇迹……

我歌唱这次见面,歌唱这个奇迹——
你不知从哪儿来到我身边,
你走了,仿佛一切都离我而去——永远。
我们之间隔着草木丛生的岁月。
而你突然考虑返回此地,
那围绕我的一切,慢慢变成现实。
我知道,谁在圆圆的镜子中融化,
我知道,谁在黑色的喷泉楼中犹豫不决,
……压在我的肩头上。
我明白了——这甚至不是复仇,
他只是祈祷着,请求谅解……

1956 年?

这是个平常的清晨……

这是个平常的清晨
莫斯科的,近乎夏日的清晨,
更加平常的是这次相见:
有人去了某人那里一小时。
……突然间所有语言变得沉寂。
仿佛只有野蔷薇在诉说,
它的声音无限红艳,芳香,清新……
…… ……
仿佛是那闪烁的本质,
它曾在十年前向我
打开——如今重新出现在我的面前
仿佛突然灯光大亮
仿佛先前,约安看见了那些事物,
还有秘密的合唱班,安息在叶子之间

歌唱的声音如此……
但丁曾这样为我们描述过它。

1956 年?

选自列宁格勒挽诗

啊！从多么壮美的黑暗中，
从最决绝的离别里
都可以返回——我知道。
今天是个普通的日子
……那人就是你。
你说出了那些被禁止的日期，
你说出了被禁止的名字。
你说出了，那些不可思议的
想象的事物。你走来说，
你发了誓，并已兑现。
（你重又离去——现在是永不再见。）
而这——如此美妙，
如此大公无私，如此慷慨大方！

……极致的纯净
你发出的声音——无边的纯净，
我觉得，我浸入了自己的灵魂。

1956 年？

你徒劳地向我的脚下抛掷着……

> 我看见,
> 我的天鹅怡然自乐。
>
> ——普希金

你徒劳地向我的脚下抛掷着
傲慢,荣誉,权利。
你自己都明白,不能用这些医治
诗歌写作的幸福嗜欲。

难道你想以此消除屈辱?
或是用黄金治愈痛苦?
也许,我会装作屈服。
但我不会用枪口顶住太阳穴。

反正死神就站在门口。
请你驱赶她或召唤她吧,
她的身后道路一片幽暗,
我浑身是血在上面爬行,

她的身后是十年的
寂寞，恐惧和空虚。
如果我能唱出这些多好啊，
又怕，你会哭泣。

好吧，别了。我不是生活在荒漠。
深夜与我同在，还有永远的罗斯。
请拯救我远离傲慢吧。
剩余的事情我自己去摆平。

1957 年 4 月 8 日
莫斯科，奥尔登卡

我向他们鞠躬致敬……

——致奥·曼德里施塔姆

我向他们鞠躬致敬,仿佛对着酒杯,
他们身上珍贵的标志无以数计——
这是我们血迹斑斑的青春的
黑色而柔弱的消息。

还是那样的空气,如同深渊之上
某一年的半夜我曾经呼吸,
在那个空旷的铁灰色的暗夜,
呼唤和叫喊都是徒劳无益。

哦,多么芬芳馥郁的石竹花,
什么时候我曾梦到那里,——
这是欧律狄刻① 飞旋,

---

① 古希腊神话中阿波罗儿子俄耳甫斯的妻子,生性活泼。

公牛在波涛汹涌中驮走欧罗巴①。

这是我们的阴影疾驰在
涅瓦河上,涅瓦河上,涅瓦河上,
这是涅瓦河水拍击着石阶,
这是你的通往永生的通行证。

这是那些打开房门的钥匙,
如今对它只字不提……
这是神秘的竖琴的旋律,
丢在造访者死后的草地。

1957年5月5—10日至1957年7月5日
莫斯科,科马罗沃

---

① 古希腊神话中腓尼基王后"亚细亚"的女儿,被天神宙斯化身的公牛诱拐到克里特岛。

我拿起话筒……

我拿起话筒。我说出呼叫的城市。
一个声音回答我,——这声音世上没有……
我并非如此孤独,当死亡的寒冷袭来时。
温柔的光线在周围流淌,微微泛着蓝色。
我说:"哦,上帝,谁还可以……我不相信,
两个声音会在空中相遇。"
而你回答:"这么久你仍记得自己的损失,
甚至在死后我仍听见你远方的呼唤,亲爱的天使。"
但是,上帝啊,作为对我提问的回答,
竟然是因为恐惧而全身打着寒战,
我听到的是自己的呻吟……
房间中的一切如同平常,
脚下的地板仿佛断头台,
而那部电话机,
在圆桌之上变得黑暗,
就像刑讯的工具,永远沉寂。

1957 年 6 月 19 日

八月

它遵守清规戒律,又狡猾调皮,
它比所有的月份都可怕:
每一个八月里,公正的上帝啊,
都有那么多的节日和死亡。
允许享用美酒和橄榄油……
救主节,圣母升天节……星斗满天的苍穹!
它引领我们向下,如同那条林荫道,
晨曦的余光在那里闪现着红色,
向上,它引导我们,如同梯子,
走向无尽的迷雾和冰雪。

它伪装成神奇的森林,
但失去了自己的酒杯。
它曾是希望减轻痛苦的饮料
在极圈内的破板床的寂静里……
…… …… ……
而如今!你,是新的痛苦,
窒息着我的胸口,如同毒蛇……

又仿佛黑海轰鸣,
找到了我的床头。

> 1957年8月27日
> 科马罗沃

所有人，——那些没被邀请的……

所有人，——那些没被邀请的，——在意大利，
发来家人般真挚的问候，
我留在了自己的镜子后面，
这里没有光线，没有空气，
红色的窗帘后面
一切事物总是翻转朝天……
我不会和那些莱昂纳多们
交换眼色，传递秘密，
不会呼吸着幽禁的寂静
让我从来不会看到的地方，
不会和一大群数不清的
前额凸起的修女混杂在一起。

1957 年 9 月 26 日
1958 年 2 月 7 日（完稿）
莫斯科

对谁,什么时候说过……

于是有人命令我:"说吧,
回忆下一切……"
　　　　　　——莱昂·费利佩《讯问》[①]

对谁,什么时候说过,
为什么我远离众人却没有消失,
苦役折磨死了我的儿子,
鞭子抽打死了我的缪斯。
我在尘世罪孽深重,重于所有人——
那死去的,将来和现在的人。
我活该躺在疯人院的
病房里——这是伟大的荣誉。

　　　　　　　　　　1958 年 6 月 27 日

[①] 莱昂·费利佩(1884—1968),西班牙诗人。

选自第七首北方哀歌

……我沉默无语——我沉默了三十年,

北极的冰山般的沉默

像无以数计的黑夜矗立在四周,

它走来熄灭了我的蜡烛。

这种死人般的沉寂,我心里明白,

没那么可怕……

到处都可以听到我的沉默,

它充满了审判的大厅,

它在一切事物上都打上自己的烙印。

它参与一切事物,哦,上帝!——

谁能为我想象这样的角色!

成为一个稍稍像某个人的人——

哦,老天爷!——哪怕让我自由一会儿!

难道我没有喝完毒芹,

为什么我还没有死,

最好——就在这下一个时辰。

我的沉默在音乐中,在歌声里,

在某人反感的爱情里,

离别中，书籍里……在那个，
所有人不熟知的陌生世界里。
我自己此刻也受到它的恐吓，
当它喘息着，一动不动，
把自己全部的沉重压迫着我：
没有保护，什么也没有——请快些！
谁知道。它会凝固，
像焚毁的心，什么样的火焰，
你想想！——管它什么事，
所有人如此悠闲，习惯了它。
你们都默许了它和我分享一切，
但是它依旧永远属于我。
它几乎吞噬了我的灵魂，
它将摧毁我的命运，
而我永远不会干扰它，
但愿它能向着耻辱柱召唤来死神。

1958年6月
列宁格勒

我仿佛听见了远方的呼唤……

——致米·米·左琴科[①]

我仿佛听见了远方的呼唤,
而四周一无所有,人声阒寂。
你们把他的肉体
安放在这片黑色善良的土地里。
无论是大理石,还是垂柳,
都不会把他变轻的遗骸遮蔽,
只有阵阵海风从港湾飞来
为他哀悼,哭泣……

1958 年 7 月?
科马罗沃

[①] 米哈伊尔·米哈伊洛维奇·左琴科(1895—1958),苏联讽刺作家。20世纪 20 年代到 30 年代左琴科的讽刺作品风靡一时。1946 年,左琴科与阿赫玛托娃一起受到批判,被苏联作协开除。

你们把我,像杀死的野兽……

你们把我,像杀死的野兽,
挂到血淋淋的钩子上,
让那些外国人,没有信仰,嘿嘿讥笑着,
在四周游来荡去
并在可敬的报纸上撰文,
说我无与伦比的天赋消失了,
说我曾经是诗人中的诗人,
但我的时辰已敲响了十三点。

        1958?—1964年4月1日
        科马罗沃

选自未完成的长篇小说中的诗

有的人……拥有
…… ……房子和荣誉,
有的人拥有丈夫和朋友,
有秘密的人进入圈子,
有人期盼着转变,
希望把某个人杀死。
有的人除了自己的声音,
一无所有,
只有徒劳地在深夜嗥叫,
让周围的人们都感到担心。

1958 年 11 月 2 日

淫荡的烈酒……

淫荡的烈酒
他们已经一饮而尽,
他们看不到干净的真理的面孔
看不到流泪的忏悔。

1958 年?

仿朝鲜诗

我几乎是梦到了你,
多么罕有的成绩!
而我醒来了,痛苦地哭泣,
从黑暗中呼唤着你。

但那人要高些,匀称些
并且甚至,可能,要年轻些
我们可怕的时光的秘密
他没看到。我该如何是好,上帝?

什么!这是幽灵来过,
就仿佛半个世纪前
我曾预言过的。但是这个人
我直等到没有一丝力气。

1958—1959 年

三月挽歌

如果你是音乐,
我会永不停歇地聆听你,
我暗淡的灵魂会明亮起来。

如果你是星辰,
我会凝望窗口直到黎明,
安宁会进驻我的心灵。

如果你是我的妻子,
我会立刻痛恨你,
再三诅咒,永远不再想起——

我和另外的女人会无限幸福。

但她,这也不是,那也不是,
更不是第三种……
我该拿她怎么办?

1959 年 2 月?

离别对我们意味着什么？
——不祥的消遣……

离别对我们意味着什么？——不祥的消遣，
没有我们，灾难也会感到寂寞。
荣誉醉醺醺闯进房间，
敲打着十三点。
或许是被忘记，被折磨，被……谁在那里
学会了这样敲击？——
我这就返身走向大门
去迎接新的痛苦。

1959年7月7日—12月10日
科马罗沃，红色骑兵军大街

多余的短歌

——选自组诗《短歌》

令人开心的——是恐惧。让人温暖的——是暴风雪。
引领走过死亡的——是黑暗。
我们之间相互损耗……
难道可以这样?
如果你愿意——我就把咒语解除,
一切都会允许:
请为自己随便选择吧,
但不是这种痛苦。

1959 年 7 月

科马罗沃

我没有送给你戒指……

我没有送给你戒指,
雪花像手帕贴紧了眼睛。
我不知道有什么比结束更残酷,
我不知道有什么比牺牲者更无辜。

─────

你站在松树和我之间……
……带着夏日的微笑
尘世上没有被禁锢的玫瑰。

1959 年 10 月 11 日
奥尔登卡

你还能赠予我什么……

你还能赠予我什么？——
那闪光的本质的火焰，
永恒的永恒和石头间
放置我骨头的地方。
谁虚构了你，谁使你陷入
窒息威胁的时刻
…… ……
永恒的永恒——多么空虚的事情

1959 年 10 月？

创作

……它说:
"我总是记得那个时代,
全世界在你的面前,如同
伸出的手里托起的不太重的重负,
如同远方灯塔上遥远的灯光,
我为你带来,未来的种子
在地下秘密成熟……"

1959 年 11 月 14 日
列宁格勒

女继承人

从皇村的椴树林中……

——普希金

我觉得,在这些空荡荡的大厅里
已经曲终人散。
啊,那时谁曾告诉过我,
我将继承这一切:
祥神星,天鹅,桥梁
和所有稀奇古怪的念头,
宫殿中相通的走廊
和椴树粗野之美。
甚至因恐惧而整个扭曲的
自己的影子,
还有忏悔的衬衫,
墓地上的丁香。

1959 年 11 月 20 日
列宁格勒,红色骑兵军大街

选自《塔什干诗篇》

在那个夜晚,我和你都因对方而失去理智,
只有不祥的黑暗照耀着我们,
只有灌溉的沟渠在低低絮语,
而整个亚洲散发着石竹花的芬芳。

我们穿过陌生的城市,
穿过朦胧的歌声,子夜的炎热,——
一切都笼罩在巨蛇星座下,
不敢相互看一眼对方。

那里可能是伊斯坦布尔,或者是巴格达,
但是,哎!不是华沙,不是列宁格勒,
这痛苦的不同之处
窒息,如同孤寂的空气。

觉得好像是:时代和我们并肩前行,
一只无形的手在敲打着铃鼓,
声音,就像神秘的暗示,

迷蒙中在我们的面前回旋。

我和你浸入神奇的黑暗中,
仿佛行走在不属于任何人的土地上,
但月亮像钻石的小帆船
突然在我们相遇又分别时浮现……

如果那个夜晚返回到你的身边
对我来说,在你不可理解的命运里,
你,要知道,有人会梦见
这神圣的时刻。

1959 年 12 月 1 日

列宁格勒,红色骑兵军大街

最后之诗

有首诗,像让人紧张不安的惊雷,
饱含生活的气息在房中炸响,
它大笑,喉咙里颤抖着,
旋转,鼓掌。

另外一首,诞生于半夜的寂静时分,
不知道从哪里溜到我的身边,
从空荡荡的镜子里看着我
冷酷地喃喃低语。

有些诗是这样的:在白天,
仿佛对我视而不见,
它沿着白纸流淌,
如同山谷间纯净的泉水。

还有这样的:神秘,在周围徘徊——
无声,无色,无色,无声,——
它游荡,变换,盘旋,

却无法在手中存活，

但是这首！……鲜血般点点滴落，
像青春时粗野的少女——这是爱情，
没有对我说一句话，
重又变得默不作声。

我不知道还有比灾难更残酷的——
它离去了，它的足迹延伸
伸向未知的边际，
而我没有它……会死去。

        1959 年 12 月 1 日
        列宁格勒，红色骑兵军大街

我早已不再相信电话了……

我早已不再相信电话了,
也不再相信广播和电报。
对一切我都有自己的法则
哦,也许,这都怪我痴狂的性格。

可是,我在梦中无所不能,
用不着乘坐"图波列夫"[①],
我想降落到哪里就飞到哪里,
可以去征服任何高度。

1959 年 12 月 24 日
列宁格勒,红色骑兵军大街

---

① 安德列·居古拉耶维奇·图波列夫(1888—1972),苏联著名航空设计师,曾参与设计了一系列超音速飞机,如我们熟知的"图"系列飞机。

选自诗歌草稿

远方坍塌了,时间动摇了,
速度的魔鬼飞奔到
高山之顶,流水也转过身,
浸过毒的种子埋在泥土里,
掺了毒的汁液在茎秆上奔跑,
人类的种族大面积灭绝了,
我们知道,大限将至。

1959 年

这些对我的赞美不合规矩……

这些对我的赞美不合规矩,
和萨福也全然没有什么关系。
我知道另外的原因,
对此我和你都不能说出。
但愿有人能够逃脱,
其他人从崖孔里点头致意,
这些诗句都饱含潜台词,
它们就如同你眺望的深渊一般。
这深渊吸引着你,诱惑着你,
让你永远也找不到底,
而空荡荡的寂静
永远述说着,不知疲倦。

1959 年?

啊,你们的祖父曾多么地爱我……

啊,你们的祖父曾多么地爱我,
含着笑,或痛苦不堪,或开朗幸福。
和我永别了,三音节诗格变体,呓语,
还有基辅的柑橘。
他们和我(比一切都要可爱的)
也作别了………
但皇村的林荫道犹记得
我轻盈的脚步和安静的语音。
可我却记不得——我在死神家做客
已这么久,这么多次,
不管你们现在对我信还是不信
………

1950年代末—1960年代初

用青春诱惑，以荣誉许诺……

用青春诱惑，以荣誉许诺，
撒旦再次这样对我说：

"你付出了自己的诚实与鲜血
为了失败地思索的五天，

为了饮尽的那杯酒，
为了让月光照亮我们，

为了再次相互梦到，
我向你推荐永恒，不是五天

持续到天明的可怕的交谈。
你看——我有病，蓬头垢面，头发灰白，

你看，你知道——我不能这样。"
此时我拉住了敌人的胳膊，

但他化身为石榴树丛,
在它之上苍穹火红,空洞。

高山的轮廓——子夜——月亮,
撒旦再次这样和我说话,

他用黑色的翅膀遮住面孔,
归还我订婚的戒指。

呻吟着,乞求着:"你命中注定属于我,
啊,哪怕与我喝一滴酒也好。"

为什么要这对翅膀和这杯酒,——
我对你早就了如指掌,

而你——这简直是第六次患热病说的
胡言乱语,我们以前从没这样交谈过。

1960年1月29日—2月6日
红色骑兵军大街

三月哀歌

我去年的那些宝贝
很不幸,还可以供我很久,
你自己知道,其中的一半
坏的记忆无论如何都不能消磨掉:
受到破坏的倾斜的圆屋顶,
乌鸦的啼叫,蒸汽机车的哀号,
原野上跛行的白桦
仿佛服满了刑期,
高大的圣经中的橡树
子夜时秘密的集会,
还有不知从谁的梦境中
飘荡出的欲沉的小船……
稍微染白的这些耕地,
在入冬以前已经发酵,
远方一切都笼罩在看不清的烟雾中
偶然地变换。
让人觉得,终结之后
永远不会再有什么了……

谁会再次在台阶旁徘徊
呼唤着我们的名字?
谁会手指靠近结冰的窗子
像枝条般,挥动着?……
而在蛛网蒙尘的角落作为回答
只有太阳的光影在镜中舞动。

1960 年 2 月
列宁格勒

如同盲人俄狄浦斯的女儿……

如同盲人俄狄浦斯的女儿,
缪斯把先知带到死神面前,
而一株疯狂的椴树
在这个哀伤的五月绽放,
就在窗子的对面,他曾在那儿
告诉我,在它们的前面
伸展着一条金色的道路,任由飞翔,
他在那里守护着上帝的意志。

       1960 年 6 月 11 日
       莫斯科,博特金医院

那些辱骂的，那些盛赞的……

那些辱骂的，那些盛赞的！
你们的声音平常，羞怯，
你们不能把它们翻译成
任何一种语言。
那些傲慢的，举目无亲的，
在黑暗中迷路的人们，——
你们是最自由的，
却诞生在监狱。
今天我要给你们
献上我的祝福，
你们将被忘却，
如同人们走进教堂。

1960年7月1日

奥尔登卡

错误地将我俘获……

错误地将我俘获,
像盛装的不幸翩翩起舞……
那时的一切都是那时的样子,
那时的样子都在那时。
……　……
我睡在公主的床榻上,
挨过饿,背过柴。
我的头脑还未曾
因为赞美和黑恶而晕眩。

如同注视着漩涡,我凝望着你。

1960 年 8 月 13 日

在黑暗的记忆里……

在黑暗的记忆里,搜寻下,你甚至会找见
长及肘部的手套,
彼得堡之夜。包厢的幽暗中
那窒闷而甜蜜的气息。
还有吹自海湾的微风。而在那里,文字之间,
绕过惊讶和叹息,
勃洛克鄙夷地朝你微笑——
这位时代悲剧性的男高音。

1960年9月9日

科马罗沃

致叙事诗

……请词返回音乐。

——奥·曼德里施塔姆

你生长,你开花,你——发出声音。
我使你在新的苦痛中
再生——我把你交给了敌人……
八千里不是障碍,
仿佛从花园传来的歌声,
我可以查验每一次呼吸。
并且我知道——和他一样,
我不应该指责他,
这种关系高于我们的力量,——
我们二者没有一点过错,
我们的牺牲品无家可归——
我忘记了,而他——也已忘记。

1960 年 9 月 20 日
科马罗沃

缪斯

让我如何与这样的重负生活,
可人们还把她称作缪斯,
他们说:"你和她徜徉在草地上。"
他们说:"那是上帝费解的话语……"
她狠命撕扯着,比患热病还残酷,
又是整年不发一语。

1960 年 10 月 8 日

痛苦成了我的缪斯……

痛苦成了我的缪斯,
她和我勉强一路走过,
那里禁止通行,那里只有别离,
那里有头猛兽,品尝着罪恶。

1960年秋

仿卡夫卡

亲爱的人都被别人领走了,
我心怀妒意不回头看一眼。
独自坐在被告席上
很快将半个世纪。

四周吵闹而拥挤
甜腻的气息把一切染成黑色。
卡夫卡虚构了这样的情节,
他描写过查理大桥①。

那里召开的重要会议,
就像陷入迷梦的紧紧拥抱,
三代陪审员
都作出判决——是她的错。

---

① 建于1357年,是捷克首都布拉格市伏尔塔瓦河上修建的第一座桥梁。桥上有30尊圣者雕像,都出自捷克17—18世纪巴洛克艺术大师,被称为"欧洲的露天巴洛克塑像美术馆"。卡夫卡出生在此桥附近,曾写诗描绘它。

押送人员不停变换,
第六名检察官得了梗塞,
而某处因天气酷热
巨大的天空渐渐昏暗下来。

美妙的整个夏季
一直在对岸漫步,
这个幸福的"某处",
我无法想象出。

我因响亮的诅咒成了聋子,
我把短棉衣一直穿到破烂不堪。
难道说在这个星球上
我比所有人都罪孽深重?

1960年3月3日—1961年

科马罗沃

如果所有人,想在这尘世之上……

如果所有人,想在这尘世之上
乞求我精神上的援助,——
所有痴呆的和聋哑的,
被抛弃的妻子们和残疾者,
服苦役的人和自杀者,——
他们每个人付给我一个戈比,
就像去世的库兹明所说,
那样我都会"富得整个埃及无人匹敌"……
但他们没给我一个戈比,
而是和我一起分享了力量,
于是,我成为了世界上最有力的人,
因为,对我来说这也没什么困难。

1961 年 3 月 30 日(复活节前的礼拜日)
列宁格勒,红色骑兵军大街

焚毁的笔记本

你的诸事顺遂的姐妹

已然被装饰在书架之上,

而你的上空是群星的碎片

你的下面是篝火的余烬。

你是如何祈祷的啊,你多么渴望生活,

你多么惧怕刺鼻的火焰!

但是突然你的身体开始战栗,

而声音飞起,把我诅咒。

瞬间,所有的松树都沙沙作响,

映照在洒满月光的流水深处。

围绕着篝火,最为神圣的春天

已率先跳起了圆圈舞①。

1961年4月

---

① 也叫环舞、轮舞,斯拉夫民族舞蹈,人们通常围成一圈群舞。

一丛三色堇……

一丛三色堇
保持着天鹅绒般的剪影,——
这是一群蝴蝶,在飞翔,
它们留下了自己的肖像。
你是另外一只……你该满含羞耻
去那泪水和恐惧存在的地方,
偶尔会把自己的身影
显现在两面绿色空洞的镜子里。

1961 年 6 月 3 日
科马罗沃

在那棵朝思暮想的槭树下……

在那棵朝思暮想的槭树下
我要用非同寻常的交谈招待你，——
用发出白银般声响的寂静
深井里纯净的水，——
而不应该用痛苦的呻吟
回答我……我同意，——等一等，——
在这深绿色的昏暗中
曾传出预感的神秘呼声。

1961 年 7—8 月
科马罗沃

背弃了所有诺言……

背弃了所有诺言,
从我的手上摘下戒指,
把我忘得一干二净……
你什么都帮不了我。
在这个夜晚,为什么
又派自己的灵魂来探望我?
他健美,年轻,红发飘逸,
简直像一位妇女,
低声说着罗马,引诱我去巴黎,
还像个哭丧的女人哀号不已……
说什么,他不能没有我:
情愿受羞辱,甘愿下牢狱……

没他,我也可以。

1961年8月4日(晚)
科马罗沃

诗集的面世

那一天总是非同寻常。
隐藏起寂寞，痛苦，恼怒，
诗人——成了殷勤的主人，
读者——成了赏识的客人。

一位诗人引他们走进木头小屋，
另一位——带他们进入窝棚的拱顶，
而第三位——直接把他们领进了倦怠的夜晚，
我给自己读者的——是漂亮的拷刑架。

为了什么，他们是谁，从哪里来，
走在一条死路上，
是什么吸引着他们——是怎样的神物，
一颗什么样的魔法星辰？

但他们所有人都肯定清楚，
为此会等到什么样的奖赏，他们知道，
留在这里是危险的，

此处不是伊甸园。

且等一等!他们会再次汹涌而来,
这一时刻不可避免……
同时——内心会被自己冷漠的怜悯
所折磨。

1961 年 8 月 13 日(白天)

科马罗沃

故土

世上那些不流泪的人
没有谁比我们更傲慢,更纯朴。

1922 年

我们没有把她装进珍贵的香囊佩在胸前,
也没有痛哭流涕地为她谱写诗篇,
她从不触及我们痛苦的梦境,
也不让我们觉得她像上帝恩赐的乐园。
在内心我们不会把她当作
可以买来卖去的商品,
我们在她之上生病,穷困,沉默无言,——
甚至对她从来都不会思念。
是啊,对于我们,她是套鞋上的泥泞,
是啊,对于我们,她是牙齿间沙子的碎裂声。
我们把她磨成粉,揉为团,碾作尘,
她也不会和其他东西相混。
当我们躺进她的怀中,和她融为一体,

称她为自己的故土——如此自由轻松。

1961 年 12 月 1 日
列宁格勒，医院，港湾

听歌

女人的歌声,犹如微风,徐徐传来,
我觉得,它是那样黑暗,潮湿,仿佛夜晚,
为何它在夏日什么也不依靠——
立刻变成另外的模样。
它流淌着钻石般的光芒,
在某处有什么瞬间闪烁出银色的亮光
如同神秘的华丽服装
非同寻常的绸缎做成,沙沙作响。
如此巨大的力量
令人痴迷的歌声吸引,
仿佛前面等候的不是坟墓,
而是神秘的通向上天的阶梯。

1961 年 12 月 19 日
(尼科拉,冬日的)列宁医院
(维什涅夫斯卡娅演唱了《巴西的巴赫维阿纳》)

我们有什么相似的地方……

我们有什么相似的地方？钟表的指针
还是风吹的方向？——
抑或在大雪冰封的森林深处
霎时出现的雪松的轮廓，
梦境？——就仿佛是认错的大门
在不可挽回的美丽中
做梦没什么过错，——请拿回去吧
这可怕的礼物……

1962年6月7日（白天）

科马罗沃

这就是她,果实累累的秋天……

这就是她,果实累累的秋天!
把她送来得有些晚。
十五个美好的春季
我都不敢从大地上站起。
我如此切近地端详她,
依偎在她的怀中,拥抱着她,
而她却把那神秘的力量
悄悄注入我必定消亡的身体。

1962 年 9 月 13 日(夜)
科马罗沃

还是关于这个夏天

断章

我请求,但愿灌木丛
也加入到这梦话中,
我爱过了所有人,他不是你
他还没来找过我……
我对着云朵说话:
"好吧,好吧,握手言和。"
而云朵——无话可说,
洒落连绵的阴雨。
八月茉莉花开了,
九月开的是——野蔷薇,
我梦见了你——你一个人
我所有不幸的罪人。

1962 年 9 月 13 日前
科马罗沃

过了许多年

最后的话

> 我体内的血
> 残留下不足一滴,它最好别再战栗。
> 我将认出旧时火焰的印迹。
> ——但丁。《神曲·炼狱篇》第30章。[①]

你直接索要我的诗歌……
没它们你无论如何也活得下去。
但愿没有残留一滴血,
不吸入它们的一丝痛苦气息。

我们烧毁幻想的生活,
金黄而华丽的日子,
至于在天堂般的祖国的重逢
深夜的火焰不会对我们低声述说。

---

① 原诗此处引用的为意大利语。

从我们的富丽堂皇中
流淌着冷漠的波浪,
我们仿佛在阴森的墓穴上
浑身战栗,读出不知谁的名字。

不要思考茫无边际的离别,
最好当时立刻就——一枪致命……
也许,在这个世界上
谁也不能再迫使我们分离。

1962 年
莫斯科

诗人不是人……

诗人不是人,他仅仅是灵魂——
即便他是盲者,如荷马,
或者,他耳聋,像贝多芬——
他依然能看见,能听见,能引领所有人……

1962 年

就这样低垂了眼帘……

就这样低垂了眼帘,
把花束抛到床上,
就这样最终也不曾知道,
我们相互间如何称呼。
就这样最终也不敢
吐出那个名字,
就仿佛在神话般道路的尽头
放缓了脚步。

1963 年 2 月 25 日
莫斯科

莫斯科的一切都被诗歌喂养……

莫斯科的一切都被诗歌喂养,
被诗韵洞穿。
但愿寂静统治我们,
但愿我们和诗韵分散而居,
但愿沉默成为那些和您在一起的
人的秘密标志,让我觉得,
您将以秘密的婚约联合起
处子般痛苦的寂静,
在黑暗中磨光地下的花岗岩,
迷人的圈子受着折磨,
而深夜死亡在耳边说出预言,
发出最巨大的声音。

1963 年 2 月
莫斯科

过了二十三年

我吹灭那些作为信物的蜡烛,
我的神奇美妙的夜晚结束了,——
刽子手,自封为王者,先知,
哎,检察官的话语,
一切都远去了——我正梦见你!……
他一直跳舞,跳到诺亚方舟前,
在暴雨、狂风和大雪之后
你的身影出现在永恒之岸上空,
你的声音从黑暗之核发出。
一个一个地叫着名字!你不断地
再次大声呼唤我……"安娜!"
一如从前,你称呼我为"你"。

1963 年 5 月 13 日
科马罗沃
(阴冷,潮湿,小雨)

在镜像中

哦,女神,她掌管着

幸福的岛屿塞浦路斯和孟菲斯……

——贺拉斯①

这位美女非常年轻,

但她并非来自于我们的时代,

我们二人从未在一起过——她,是第三者,

我们从来都不会相遇。

你为她挪动椅子,

我慷慨地与她分享鲜花……

我们在做什么——自己都不懂,

但是我们越来越担心。

仿佛我们是逃出监狱的人,

我们熟知对方的

---

① 原诗此处引用的为拉丁语。昆图斯·贺拉斯·弗拉库斯(前65—前8),罗马帝国奥古斯都统治时期著名的诗人、批评家、翻译家,代表作有《诗艺》等,古罗马文学"黄金时代"的代表人之一。

一些可怕的事情。我们在地狱之中，
可也许，这并不是我们。

1963 年 7 月 5 日
科马罗沃

还是祝酒词

为你的信仰干杯,也为了我的忠诚,
为了我们二人同处万恶的边缘,
让我们永远都被施以魔法,
但世间没有比冬天更美的季节,
天上没有比十字架更美的图案,
没什么比项链更轻盈,比大桥更漫长,
干杯!为了那无声掠过的,飘浮的一切,
为了我们不能相见,
为了至今我还在梦见你,
尽管通向那里的大门牢牢关严。

1963年7月6日(晨)

科马罗沃

最后的

在我们上空,曾像大海之上的星星,
光芒般寻找九级致命的巨浪,
你称呼它为不幸与苦难,
而一次也没有把它叫作快乐。

白天在我们面前像燕子般旋飞,
嘴唇上绽放着微笑,
而深夜用冰凉的手指瞬间
就可以把我们二人窒息。在不同的城市。

而且,我们不会交出任何颂歌,
忘记了先前全部的罪孽,
倒向失眠的枕头,
喃喃低语着天地难容的诗句。

1963 年 7 月 23—25 日

第五朵玫瑰

——致德米特里·博贝舍夫[①]

你被称作太阳[②]或者茶馆
你还能成为什么？……
可是你化作了多少非同寻常的事物，
我甚至不想忘怀你。

你散发着透明的光辉，
让人联想到天堂里的花园，
你能成为彼得拉克[③]的
十四行诗，最好的奏鸣曲。

而另外的那些——所有四朵

[①] 德米特里·博贝舍夫（1936— ），俄罗斯诗人。20世纪60年代初，与布罗茨基、莱茵、奈曼等彼得堡年轻诗人围绕在阿赫玛托娃身边，与之交往密切，阿赫玛托娃去世后，他们被称作"阿赫玛托娃的孤儿"。
[②] 原文此处为法语：Soleil。
[③] 弗兰齐斯科·彼得拉克（1304—1374），意大利学者、诗人，文艺复兴第一个人文主义者。他以十四行诗著称于世，为欧洲抒情诗的发展开辟了道路。

瞬间枯萎，在深夜低垂，
你曾在这个世界上灿烂开放，
秘密地帮助我。

你将为我化作活生生的责备，
现实中甜蜜的梦境……
我称你为被幽禁的玫瑰，随便什么样，
但不会称呼你为多余的。

我们吻湿你的嘴唇，
而你赞颂我的家，
你曾经如同爱情……，但是，顺便说一下，
这里无关爱情。

开始于8月3日（中午）的舒伯特《匈牙利套曲》。完成于1963年9月30日。

科马罗沃，小岗亭

十三行诗

你终于带来了词语
不是那样地,如同那些……单膝跪立的,——
而是这样地,如同逃出的俘虏
透过不由自主流出的泪水的虹
看到白桦树神圣的绿荫。
寂静围绕在你的四周歌唱,
昏暗像纯净的阳光照亮,
世界在一瞬间变幻了模样,
葡萄酒也可怕地改变了味道。
甚至我,成为谁的杀手
神圣的词语呈现,
几乎虔诚地沉默无言,
希望延长美好的生活。

1963 年 8 月 8—12 日

离别是虚幻的……

离别是虚幻的——我们很快就要在一起,
所有禁忌的事物,如同赫尔辛格①的幽灵。
一切不需要的事物在我周围缭绕,
我觉得,如今应该把我杀死。
时而扇动着翅膀,时而像心脏在跳荡,
但昨天的血迹已不能洗净。

1963 年 8 月 14 日?

---

① 丹麦西兰岛东赫尔辛格县的城市,莎士比亚戏剧《哈姆雷特》中的埃尔西诺城堡即以此为背景。

这个夏日曾令人愉快地……

这个夏日曾令人愉快地
让我与自己的名字疏远
那样的安静中,几乎是葡萄园般的宁静
在现实中,在梦中酿造。

音乐陪伴我分享了安宁,
世界上没有任何人能够轻易得到谅解。
她时常引领着我
抵达我存在的边缘。

我一个人从那里返回了,
清楚地知道,最后一次
随身带着的,是奇迹的感觉,
它……

1963 年 8 月 21 日(晨)
科马罗沃,岗亭

你——真的,是某人的丈夫……

> 玫瑰,它注定要死亡。
>
> ——贺拉斯《最后的颂》

你——真的,是某人的丈夫,是某位的情人,
首饰匣中没有你,
神的长笛整天都在请求
赋予它词语,使它们更贴近声音。
我还没有完全看清你,
从早到晚我面前却有那么多林荫路
在九月有那么多离别的菊花。
…… …… ……
就让莎士比亚说出一切,贺拉斯比我更可爱,
他秘密地熟知尘世的甜蜜……
而你从千百种声调中捕捉到了一种,
所有都不应有的声音在那一瞬间发声。

1963 年 8 月?

子夜来访

> 众人都离开了,谁都没再回来。
>
> ——阿赫玛托娃

你不要在落叶纷纷的柏油路上
　　久久地等待。
我和你会在维瓦尔第①的柔板中
　　再次相遇。
蜡烛重新变得暗淡昏黄
　　被噩梦诅咒,
但猎犬没有过问,你是如何
　　走进我子夜的房间。
这久久的沉默
　　在喑哑沉寂的哀怨声中流淌,
你将会在我的手掌中
　　阅读那些神奇的事物。

---

① 安东尼奥·卢奇奥·维瓦尔第(1678—1741),意大利神父、巴洛克音乐作曲家、小提琴演奏家,代表作有《四季》《荣耀经》。

那时，你的激动不安使你，
　　变成命运，
从我的门口引领着走向
　　冰涛拍打的海岸。

　　　　　　　1963年9月10—13日
　　　　　　　科马罗沃，小岗亭

关于不能寄送的叙事诗

海风一阵阵吹拂,
那栋房子,我们不在其中居住,
紧紧关闭的窗子前
是珍贵的雪松的阴影……

在尘世有一个人,最好能
把所有的诗行都寄给他。算了吧!
还是让双唇苦涩地微笑,
而心灵再一次激起一阵战栗。

1963 年

十四行诗

他让我陷于我的第一次不幸。

——路易丝·拉贝①

想来就来随你的便：手挽着另一个女人，
无法认出，在仇人的队列中，
随便什么滑稽可笑的打扮，
戴着血污的面具，或者什么也不戴。

我以冰冷的手指触摸你，
也许你会告诉我：看在上帝的面上
别这样。我知道——您在列宁格勒
会吞噬神圣美好的安宁……

但我此刻会取笑你，
我会变得非常的俏皮机智

---

① 路易丝·拉贝（1524—1566），文艺复兴时期法国女诗人，以写作哀歌和爱情十四行诗而知名。此处引诗原文为法语。

…………远超所有熟识的蠢女人。
……………

为了你,我会挑选一些
最好的咒语——滚吧。

1963 年?

宽恕我吧，我曾和众人一样……

宽恕我吧，我曾和众人一样，
比所有人都坏，
我曾在陌生的洒落露水的草地中游弋，
我曾在陌生的燕麦田里藏匿，
也曾在陌生的草丛中睡去。

1963 年？

你一生都爱我，爱着我一个……①

你一生都爱我，爱着我一个。
是的，纵使你知道，我是这样的女人。
哪怕我狂妄，沉默，心怀忧戚，
被判处永久别离。
…… ……
你没向我承诺，我们二人一笑而过。

1963？—1965 年

---

① 这首小诗遗失了中间几句，有的版本中还留存有第五句：Ничто нас не бросит друг к другу——什么都不能让我们相互抛弃。

最后一首短歌

选自组诗《短歌》

我从呓语中

从坟墓的歌唱中获取慰藉,

我使不幸享有

高于一切的力量……

窗帘没有拉起……

阴影的圆圈舞……

因此,那被剥夺的

会变得更加亲切。

这一切都从玫瑰的最深处

说出,

但不要忘记我

昨天泪水的味道。

1964 年 1 月 24 日

莫斯科

浪漫诗

你为何忧郁,仿佛昨天
我们分离:我们之间隔着永远——
没有特殊记号的空洞,
丑陋的绰号——无限。

在成千上万次的离别中
我们的离别优越地容纳下——
有的人计算出了它含有多少痛苦,
它就真的这样实现了。

你忧郁什么,仿佛昨天……
我们既没有明天,也没有今天。
无形的大山崩塌了,
上帝的预言兑现了。

1964 年 7 月 21 日
科马罗沃

这片土地虽然不是故乡的……

这片土地虽然不是故乡的，
却终生难忘，
大海中的水不太咸涩，
温柔而冰凉。

海底的沙砾白得似粉，
空气美酒般醉人，
松树玫瑰色的躯干
裸露在日落时分。

而夕阳融入天际的波浪
水天一色，让我无法分辨，
这是白日尽头，世界末日，
还是秘密的秘密又回到心间。

1964 年 9 月 25 日
科马罗沃

幽禁的玫瑰

您的痛苦而神圣的话语……

——阿·奈曼[①]

你思念它就像思念第一位新娘
将在睡梦中流下泪水……
我们没有一起呼吸它的芬芳,
把它带给我的也并非是你。
是那位长翅膀的
上天和缪斯的统治者,
那时第一阵惊雷的轰鸣
就颂扬了我们危险的联盟。
这个联盟,人们称之为"别离",
…… ……
那么一点点微不足道的痛苦,
却比一切都纯净,比一切都黑暗。

1964年10月10日

[①] 阿纳托利·奈曼(1936—2022),俄罗斯诗人、作家、翻译家。1959年结识阿赫玛托娃,自1963年起担任她的秘书。

音乐

你神奇地分娩出自己,
自我欣赏,自我压制,
啊,莫非,你是恶与善,
低贱的尘世与天堂的唯一联系?
我以为,你永远都处于边缘。

1965 年

以启蒙的呐喊承担时代的重负

——阿赫玛托娃诗歌论

对于俄罗斯白银时代的诗人，一直以来，很多人都是心存感佩与崇敬之意，他们身上的那种忧郁、那份孤独、那种不屈服于任何强权的坚韧，总是让人能在人生最困苦的时候获得勇气、信念与力量。从那些诗人的人格和作品中，只要是有良知的人，都能感受到一种高贵的气质，那不是意识形态的压制与外在环境的侵蚀就可以击溃的。他们的气质是俄罗斯知识分子在骨子里就有的一份胆识与坚毅，在血液里渗透的一种自由意志和精神信仰。

安娜·阿赫玛托娃，这位俄罗斯白银时代的夜莺，以她啼血的声音，唱出了一种不为世俗所奴役的精神，也表达了不为强权所压制的抗争力量。从1900年开始诗歌创作，阿赫玛托娃成为了俄罗斯白银时代最富理想主义气质的歌者。早年，她以自己忧郁的吟唱，在俄罗斯诗坛展现了非凡的才情。而到了人生中后期，她则以其沉痛的呐喊，继承了普希金时代的浪漫主义精神，同时又开创了女诗人知性书写的新境界。她以其抒情性的笔调，书写了一个时代的缪斯之魂，同时，也为生命的精彩提供了丰富的想象与可能。

一、由吟唱到呐喊

阿赫玛托娃早期创作的诗歌,有着少女般的清纯和羞涩,因为我们看到了幽怨的独白,也触摸到了诗人那颗细腻、温润的心。生活的点滴,日常的遭遇,都能触动她敏感的神经,因此,她早期诗歌从有感而发的本质出发,显得单纯、质朴,富有青春气息。而随着年龄增长,经历了爱情,走进了婚姻,诗人开始变得沉重,诗歌中也平添了一份忧郁和疼痛之感,这对于诗人来说,是自然而然、顺理成章的,是一种在沉思与发现之后的平静抵达。

如果说阿赫玛托娃早期诗歌中还有着青春的稚嫩与生涩,那么她中后期诗歌就开始逐渐走向了成熟。虽然仍富激情,但随着诗人对社会的认识及对时代的洞察加深,她拒绝暧昧,以理性的思考参与到诗歌书写中,而非像早期那般以少女的低吟浅唱对接生活的小情绪。在对社会认识得更透彻之后,她以清醒者的姿态介入到了对时代真相的探查中,这是一个俄罗斯知识分子的良心在驱使她去作出自己的正义判断,去验证自己的公正选择。在对理想的追求中,敏感的诗人也必定会产生困惑,这是自我的困惑,也是时代的困惑。有时候,她不得不求助于上帝——一种发自内心的真诚信仰。"亲爱的世界,对于盲目的我,/你是合理的,物质的,请赐我以活力。/而上帝用厌弃的冷酷的宁静/把我的灵魂慢慢治愈。"(《我变得很少梦见他了,谢天谢地……》①）这与其说是求助于世界，不如说是求助于自己的内心，只有内心的坚韧，才会持续地为一种信仰增添力量；同样，也只有在生命的现场，诗人才不会因为虚空而抓不住那条通向人生之真谛的精神命脉。

> 你给了我沉重的青春。/那么多的忧伤都在路上。/我该如何把这颗贫弱的灵魂/赠给富有的你？/谄媚的命运，高唱着/一首关于荣耀的悠长歌曲。/上帝啊！我如此懒散，/我是你吝啬的奴隶。/在天父的花园里，我既不想/成为玫瑰，也不想做小草。/面对每一粒微尘，蠢人的每一句话，/我都会轻轻战栗。

诗人写于1912年的这首《你给了我沉重的青春……》，其具体指向是谁呢？他可以是上帝，也可以是一位亲朋，这大概是诗人发出的天问。她与上帝的对话，就如同在自我内心作精神搏斗。我们多数人的青春都是富有激情的，然而，诗人的青春却显得沉重，带着深深的痛感，这沉重是她背负着太多的清醒和沧桑，因此，她不可能像很多人那样轻松前行。她的痛苦与悲情，就在这精神气息的流转中逐渐渗透在诗行里，去接受命运的考验，去见证诗人走向独立立场和自由精神的高地。

在一个严峻的时代，有良知的诗人不可能回避来自各方的压

---

① 本文所引诗歌，均出自晴朗李寒翻译的诗集《幽禁的玫瑰：阿赫玛托娃诗选》。

力,也不可能自逃于世俗生活,而去对时代之顽疾作远方的想象。阿赫玛托娃在与现实作了短兵相接的碰撞之后,发现生活本就是沉痛的,因为她有一颗向往自由的博爱之心,而非像那些浑浑噩噩者一样,无民族之忧,无家国之痛。即便在书写爱情这温馨的话题里,她也不忘作自我牺牲的呐喊。"古老的城市一片死寂,/我的行程漫无目的。/在自己的河流上,弗拉基米尔/把黑色的十字架举起。//那些喧哗的椴树和榆树/让花园里昏暗阴郁,/那些钻石般耀眼的星辰/向着上帝飞升而去。//在这里,就让我结束/自己牺牲和荣耀的道路吧。/伴我同行的,只有同样的你,/和我的爱情。"(《古老的城市一片死寂……》) 当一切都变得死寂,一切都靠不住时,唯有伴侣和那份维系双方情感的爱,方能让人从不堪的现实中走出来,重新回到真实的精神世界中去。

> 我不需要小小的幸福,/送走满足而又疲倦的丈夫/去会情人,/我哄着孩子上床入睡。//我要重回冰冷的房间/向着圣母祈祷……/这修女般的生活太难,太难了,/难得有一次欢笑。//只希望在火焰般的梦中,/我好像走进一座山间的教堂,/它有五个圆顶,通体洁白,石头筑成,/耸立在熟悉的小路旁。
>
> ——《我不需要小小的幸福……》

此诗中,诗人并非厌倦了自己的生活,而是希望能通过写诗来完成对生活的补偿。在日常生活中遭遇不快,或她的视野无法打开时，诗人总是愿意以想象替代现实，去创造诸多生活的可能，以供憧憬和回忆。在这样的坦白中，诗人能为自己找到一份宽恕的慰藉，但这慰藉并不能长久地作为支撑诗人内心的力量，所以，也就难免会出现精神刺痛，这是世俗生活为她带来的不幸和宿命，也是她在建构自己的诗歌世界时所渴望达到的深沉境界。当宗教信仰和爱情融合在一起时，这充分激起了诗人对爱的呼唤，她渴望被爱，也希望将自己的博爱施于他人。

基于此，阿赫玛托娃常作反省的书写，也只有反思和不间断的内省，才能慢慢消除堆积在诗人内心的那些情感障碍，以便她继续在缪斯之路上前行。像她的《因为我颂扬了罪孽……》，因此遭到了惩罚；而《上天对那些割麦人和园丁太不仁慈……》，则显出了诗人同情底层劳动者的一颗悲悯之心，这同样是出于内心的责任感而有的描绘，并非表象的罗列，而是深度思索之后的理性书写。由此，诗人开始了更为沉重的书写之旅，那是一段漫长的煎熬期，也是她开始以正义之躯抗争时代之恶的人生阶段。

二、以良知切入时代的脉搏

阿赫玛托娃之所以能在白银时代的俄罗斯诗人中很快脱颖而出，更主要的原因，还是在于她言行合一的人生准则。她那不受任何诱惑而忠实于自己内心的人格，以及不屈服于任何强权和压力的韧性，让她显得孤傲、镇静、不屈不挠。不管是描摹生活的现场，还是抒写精神世界的秘密，她都以一种富有情感色彩的伦理，来契合她的表达，这种契合中有矛盾，有冲突，也有人生的困惑和深深的失败感。

尤其是诗人中期的诗歌创作，大都集中在俄罗斯社会处于转型的时代。秘密警察们的眼睛，时刻盯着那些对社会持批判态度的知识分子，并不惜以残忍的方式来打击和消除反抗力量。阿赫玛托娃一家，一直在遭受这种噩运。在集权时代，对于渴求自由、向往民主的知识分子来说是一种煎熬。在这种痛苦不堪的生活中，诗人无法直白地说出一切不公、宿怨与抗争，她只有以隐喻的方式，道出内心最真实的想法。这种隐喻中杂糅着微妙的情感，即对一切不公之事的反抗与揭露，这样的书写带有批判的意味。这是诗人以良知切入时代与社会的见证，这也是她以生命对抗集权的表达，由此，她也让我们看到一个柔弱的女诗人内心的强大与坚韧。

当诗人以无畏者的姿态介入处于困境中的社会时，她总能在不经意间抓住时代之丧的那根致命神经，以作标本式的剖析。因此，我们在阿赫玛托娃对自我和社会的解读中，看到了她身上最为可贵的一种品质——以洁净的灵魂守护俄罗斯大地的尊严。我们也常能在诗人的作品中读出一种悲伤的情绪，那不仅是自我的个体的悲伤，更是诗人为家国社会的荒谬、残忍与黑暗所流露出的痛惜之意。

> 莫非是因为远离了该死的轻松，
> 我才紧张地注视着黑暗的殿堂？
> 已然习惯了高亢、清晰的叮当声，

> 已经不再按尘世的法律审判，
> 我，像一名女犯，还向往着刑场，
> 那多年执行死刑的耻辱的地方。
> 我看到华丽的城市，听见亲爱的声音，
> 好像还没有神秘的墓地，
> 在那里，无论白昼黑夜，酷暑严寒，
> 我都需要俯身等待最后的审判。
>
> ——《莫非是因为远离了该死的轻松……》

为了固守一种坚定的信念，她宁愿去接受审判，如果没有一种执着的信仰，是难以做到如此坦荡与宽容的。诗人那种视死如归的气概，蕴含着悲壮的意味。她笔下的审判，不是一种简单的身体审判，更多是一种心灵受尽磨难的精神审判。这种精神审判要比身体审判更为残酷，也更容易让一个人伤痕累累。

当我们去认真阅读阿赫玛托娃各个阶段的诗歌时，会发现她的书写基本上都是从个人视角出发，最后抵达的却是对公共事件的反思。诗人的那种个人感受，是敏感者表达自我遭遇时的一种激情释放，她愤怒，悲悯，有时甚至痛心疾首，这还是因为她以自身的敏锐和正义，感知到了社会的"恶"。她不愿意屈服和随波逐流，所以清醒过后，就显得更为痛苦。她懂得真相对于一个人乃至一个国家意味着什么。当谎言充斥社会的每一个角落时，专制的旗帜早已插在了每个人的内心，愿意承受者，就默默地忍耐、克制；而拒绝承受者，就会为自己的不妥协与不合作找到现实的出口，同时也找到拒绝的理由。这样的书写，不仅体现在她的国家抒写中，更是大面积地呈现于她的个人情感流露里。她有时会痛苦到一种程度："对我来说，丈夫是刽子手，家就是监狱。"(《对你百依百顺？你简直发了疯……》)可是，她又不得不强忍着不快去承受，去担待，她甚至将其称之为"自投罗网"。自投罗网的生活，一直伴随着她，在极权压力下，她不得不反抗。她作这样的反抗，针对的不仅仅只是家庭的自我断裂，更有当局对其家庭的破坏与摧毁。

而后来她又写成《我出语成谶招来亲人的死亡……》一诗，是对预言的自责之语。亲人的死亡，在那样一个时代似乎不需预言，一家人的精神信仰就决定了他们各自的命运。死亡与爱情共存，这唯有在诗歌中能做到的结合，是阿赫玛托娃从悲痛中唤醒自我的最锋利的语言之刃。

生命如此脆弱，肉体转瞬即逝，唯有精神可以永存。诗人不愿臣服于内心作渺小的自我搏斗，她向外界敞开心扉，去接受来自各方的宣判。不仅如此，她还以过来者的口吻，对他人作切身的劝诫与忠告："不要让尘世的快乐使心灵疲倦，/不要对妻子和家庭过于眷恋，/请从自己孩子的手中拿过面包，/把它赠予陌生人。//谁是你不共戴天的仇敌，/就去做他恭顺的仆从，/请把林中的野兽称为兄弟，/什么都不要祈求上帝。"(《不要让尘世的快乐使心灵疲倦……》)在诗人的人生辞典里，一切使命都需要自己来完成，即便面对那些堪称恶的仇敌与野兽，也要以理性者的姿态去面对。在这里，诗人以反讽笔调对人生的不和谐音作了一种形而上的刻写。她将自己置于边缘人的位置上，同时，也将自己放逐于精神的旷野，以便能在对峙中找到生存的精神之根。

三、精神抗争与启蒙之责

时代现场中的表达,是否要深度契合于诗歌的真切表述?当诗人以全身心精力投入到对俄罗斯土地和人民的依恋中时,那种对抗的尖锐性不时地凸显出来,让自己的写作更富力量感,而不是像早期创作那样,只能在幽怨的独白中轻度触及日常生活。后来,诗人遭遇了更为残酷的现实,于己有了切肤之痛,所以,她才在20世纪20年代之后的诗作中不断地发出沉痛的悲声。一方面,她纠结于自我内心的冲突;另一方面,知识分子的担当情怀又让她对现实的黑暗无法置身事外。在现实中,她以不屈的意志,庄严地对抗来自当局的迫害;而在诗歌中,她选择了及物书写,切入时代的现场,独立而有尊严,并持守一种带着人生宽度与方向感的坚定信念。

面对现实的荒诞,遭遇时代的谬误,阿赫玛托娃没有选择放弃言说,她担负起了一种启蒙的责任,不论是对时代持批判的态度,还是对底层作同情的理解,她都选择毫不犹豫地发出自己的声音。尤其是权力对人的异化和扭曲达到极限时,富有良知的诗人再也无法忍受了。她从一个公民的立场出发,去作深度的追问,她追问那些迫害人的恶源自何处,也追问一个公民如何才能对抗体制强加于我们的迫害与死亡。

那些抛弃了国土,任仇敌蹂躏的人,/我决不会与他们为伍。／我不会去听他们粗俗的谄媚，／更不会为他们献上自己的歌声。／／而我永远会怜悯流放的犯人，／无论他是囚徒，还是病夫。／流浪的人啊，你的道路黑暗苍茫，／异乡的面包又酸又苦。／／在这里，大火的浓烟之中／我们虚度着残余的青春，／对自身的任何一次打击／我们都不曾回避。／／但是我们知道，在未来的评判中，／每一时刻都将证明我们无罪；／在世上不流泪的人中间，／没有人比我们活得更高傲和纯粹。

——《那些抛弃了国土，任仇敌踩躏的人……》

在这首诗中，诗人直言不讳地道出了鲜明的立场，她爱憎分明，面对那些无耻的恶，她高声地呐喊出一个知识分子的正义之声。那是诗人真性情的流露，她用灵魂的审视去谴责冷漠的退缩者，而又以人性的召唤去为那些忠实于内心者鸣冤叫屈。诗人的这些预言，是以一种道义的方式表达出来，虽带着激愤的态度，却也不损其灵动而张扬的品质。

诗人是内心生活的持有者，敏感的心性让她时时既要和语言抗争，又得与思想搏斗。当集体主义的意志被瓦解，诗人所担负的责任就更重了。现实和梦想的分离，让诗人的书写带着时代的悲剧感，它或许也是永恒的，无可更改的，一个诗人所能做的，就是用力去承受。在招架与承受的临界点上，似乎人人都有失败感的危机。但在阿赫玛托娃这里，她没有变得茫然无措，而是通过内心解毒的方式，去向诗歌寻找答案。虽然内心的悲苦在更多时候无以言说，但她的祈祷与忠告，她的心有所感与悲剧体验，都需要在词语的感召中快意地释放出来，以形成更具力量的启蒙之诗，这是她的坚持之所在，也是其使命意识的体现。她以"写给众人"之诗，希望能由此找到一个人与国家民众对话的基点。当深感现实的责任重大时，诗人也有力不从心之感，作为知识分子的代言人，她负有启蒙之责，但她行事之后的那种不被理解、不被承认，如此结局又让她难以接受。这种错位令诗人伤心不已，压抑的冲动迫使她以自己的话语方式来解决众多精神难题。屈辱、死亡与家国灾难，很多时候却让无辜的民众来为此买单，这让诗人愤怒，她需要适时地揭露疮痛和伤疤。

> 为什么你们往水里下毒，
> 往我的面包里掺杂脏物？
> 为什么你们把最后的自由
> 变成了卖淫窟？
> 是因为对朋友们悲惨地死去
> 我没有嘲笑挖苦？
> 是因为我忠诚地留了下来，
> 不愿抛弃这片凄凉的国土？
> 随它去吧。不遭遇刽子手和断头台
> 这样的诗人世间稀无。
> 我们要披上忏悔的外衣，
> 我们要举起蜡烛，一路前行，放声痛哭。
> ——《为什么你们往水里下毒……》

这是诗人最为切近现实的诗作，书写了一个时代的缩影：物质的迫害已不足以摧毁内心坚强的人，而精神的摧残却以致命的打击让一个人生不如死。当有人以无耻的方式对人施以迫害时，那种卑劣和阴险确实让人难以忍受。诗人勇敢地道出这种不义之事，在不懈的追问中寻找世间的公道。这时，她似乎找到了自己能真正切入时代的修辞范式，为此，她曾以极富历史感的冷静言说与帕斯捷尔纳克①进行思想的对话，与曼德里施塔姆作精神的沟通，这两个俄罗斯大地上堪称伟大的诗人，与阿赫玛托娃这个高贵的灵魂之间，有着深深的相互认同感和惺惺相惜之意。

随着时代的变化，诗人们面对人生诸多困惑的书写，也相应地变得复杂。有些事情不是简单的呐喊就可以解决的，当创伤记忆变成一种写作资源时，更多的激愤值得警惕。阿赫玛托娃有一段时间的诗歌短小、精致，而在伦理的言说上又很到位，这可能正是诗人越来越倾向于思想性表达的缘由。她开始变得内敛、节制，以思想言说去继承传统，最终却又突破传统。比如，"我，被褫夺了火与水，／被迫与唯一的儿子别离……／站在可耻的不幸的断头台上，／就像站在帝王的伞盖下……"（《我，被褫夺了火与水……》）四句诗，既简洁地交待了自己的处境，又充分表达了一种对抗的心境，这就是诗人的立场：肉体的迫害已无关紧要，而精神的抗争或许才刚刚开始，我们终究要等到那一天。这是诗人的预言，也是她一直坚守知识分子良知与道义的重要原因。

当然，最能体现阿赫玛托娃诗歌创作成就的，当数为她带来

---

① 鲍利斯·列奥尼多维奇·帕斯捷尔纳克（1890—1960），俄罗斯作家、诗人、翻译家，代表作《日瓦戈医生》。

声誉的长诗《安魂曲》，这是一首在世界诗坛上引起巨大反响与共鸣的长诗，也是阿赫玛托娃在家运与国事上产生冲突的精神抗争之作。作品中带有强烈启蒙意味的批判，对于在艺术上介入现实的诗人来说，无疑是对俄罗斯知识分子自由与冒险精神的应合。《安魂曲》是阿赫玛托娃在白银时代献给这个多灾多难的俄罗斯民族的一曲孤独的绝唱。她发出的悲声，是对个人遭遇的尖锐诉说，也是对国家危机的深层反思。这是《安魂曲》的经典性之所在，同时，也是诗人得以走向更成熟之创作境界的又一个开始。阿赫玛托娃从早期的诗歌练笔到中晚期的成熟创作，对应着她由青春期浪漫主义写作到对现实作介入式书写的过程，也是她对思想性写作边界的一场拓展之旅，而贯穿始终的，则是诗人一生追寻自由梦想的信念与努力。

有着诗人气质的俄语翻译家晴朗李寒，默默地埋首耕耘，以二十年磨一剑的功力，于2016年终于完成了阿赫玛托娃诗全集的译介工作。这无疑对全面系统地了解这位伟大诗人一生的创作有着不可估量的意义。

在我看来，晴朗李寒首先是一个汉语诗人，其次才是一个翻译家。在翻译界，尤其是在诗歌翻译界，有很多不写诗甚至不懂诗的人在进行着诗歌翻译，而晴朗李寒是在自己写汉语诗歌之后，利用自己俄语专业的优势进行翻译，向我们呈现了俄罗斯诗人诗歌创作的真实面貌。

从某种程度上来说，翻译诗歌要比翻译小说更困难一些，因为诗歌语言更为精练与纯粹，在考虑到保持原诗语境与修辞的客观性的同时，又要充分地体现出诗性，体现出诗歌的暧昧性，所以客观与暧昧这对矛盾经常出现在诗歌翻译中，这对矛盾处理得好，诗歌既不失原诗的面貌与精神，又能体现出能指与所指的和谐；一旦处理得不好，两方面都会因把握不准而暴露缺陷，最后导致翻译的失败。晴朗李寒的汉语诗歌写作功底与他乐于向诗歌作者及旁人请教的虚心和勤奋帮助他弥补了这方面的缺憾。他有勇气与胆识面对这样的矛盾，并进而去解决它，这些翻译艺术的法则与晴朗李寒本人所持有的诗歌审美观也必定影响了他的诗歌翻译，那就是诗歌语言的饱满与简约。

翻译做长了，他与纸上朝夕相处的俄罗斯诗人有着共同的精神指向——遵从内心的体验，寻求古典诗意的生命观，为文学与诗歌保持自己终极化的价值期待。同时，我也相信，每一个热爱诗歌的人，对晴朗李寒的翻译抱有最为热切的期待，期待这位俄罗斯诗歌翻译家拿出更多更优秀的翻译作品。

刘波
2024 年 3 月

安娜·阿赫玛托娃生平创作年表

1889年 6月23日,安娜·安德列耶夫娜·阿赫玛托娃(原姓戈连柯)生于黑海沿岸敖德萨市近郊的大喷泉。父亲安德列·安东诺维奇·戈连柯(退役的海军机械工程师)与母亲英娜·艾拉兹莫夫娜一共生育了六个子女,阿赫玛托娃排行第四。

1900年 进入皇村的马林斯基女子学校就读并开始写诗。父亲觉得写诗有失贵族家庭身份,禁止她以戈连柯署名,后来她给自己取笔名阿赫玛托娃。

1903年 12月24日,与诗人尼古拉·斯捷潘诺维奇·古米廖夫(1886—1921)相识。

1906年 到基辅就读封杜克列耶夫女子中学毕业班。

1907年 年初,古米廖夫与几个朋友在巴黎创办文艺双周刊《天狼星》,第一期发表了阿赫玛托娃的诗《他手上戴着许多闪光的戒指……》,署名 А.Г.С。

1908—1910年 在基辅高等女子学校法律系学习。

1909年 11月29日,正式接受古米廖夫的求婚。

1910年 4月8日,和古米廖夫订婚。5月7日,正式举行婚礼。5月,夫妇二人去巴黎旅行。在巴黎期间,结识意大利画家莫迪里亚尼。

1911年　考入彼得堡市的拉耶夫高等历史文学学院。

第一次以安娜·阿赫玛托娃的笔名发表作品。《古老的肖像》一诗发表于《公共杂志》第三期。

古米廖夫、曼德里施塔姆等彼得堡诗人组建"诗人车间",阿赫玛托娃担任秘书,参加了各种活动,成为阿克梅主义理论的重要实践者。

1912年　3月初,第一本诗集《黄昏》由"诗人车间"出版,印数300册。

4—5月,与古米廖夫到意大利北部旅行。

10月1日,儿子列夫出生。

1913年　初春,古米廖夫担任由科学院组织的考察团团长,进行最后一次非洲旅行。

《阿波罗》杂志刊登古米廖夫的文章《象征主义的遗产与阿克梅主义》和戈罗杰茨基(1884—1967)的文章《俄罗斯现代诗歌中的几种流派》,从而正式提出了"阿克梅主义"理论,对象征主义诗学进行质疑和抨击。

在阿波罗杂志社,与艺术史学家尼古拉·尼古拉耶维奇·普宁(1888—1953)相识。

1913—1914年　诗歌作品在《双曲线》《阿波罗》《俄罗斯思想》《田地》等杂志上发表。

1914年　3月,结识了诗人、画家鲍里斯·安列普(1883—1969)。阿赫玛托娃的诗集《白色的鸟群》中的大部分诗作都是献给他的。

第二本诗集《念珠》由"极北"出版社出版,印数 1000 册。直到 1923 年,这本诗集再版过 8 次。

7 月 28 日,第一次世界大战爆发。8 月,俄国宣布参战。古米廖夫报名参军。

1915 年　父亲去世。

1916 年　2 月,与来皇村休假的安列普发生恋情。

12 月末,拒绝了安列普邀请她一起去英国的请求,坚持留在祖国。

1917 年　9 月,第三本诗集《白色的鸟群》由"极北"出版社出版,印数 2000 册。

11 月 7 日,俄国十月革命取得胜利。

12 月,批评家列夫·谢苗诺维奇·维戈茨基(1896—1934)在《新生活报》上发表文章,首次提出了"面向未来"的马雅可夫斯基流派和"缅怀过去"的阿赫玛托娃流派。

1918 年　4 月,与从伦敦返回彼得堡的古米廖夫关系破裂。

8 月 5 日,与古米廖夫办理了离婚手续。

12 月,嫁给希列伊科。

1920 年　在农学院的图书馆工作。

1921 年　年初,与希列伊科分居。

4 月,第四本诗集《车前草》由"大都会"出版社出版,印数 1000 册。

8 月 3—4 日间,古米廖夫被逮捕。

8 月 25 日,古米廖夫被执行枪决,罪名是"反革命阴谋罪"。

	10月，第五本诗集《耶稣纪元：1921》由"大都会"出版社出版，引起读者的强烈反响。
1922年	1月，与诗人帕斯捷尔纳克相识。
	年末，搬到普宁家，开始与之长达15年的同居生活。
1923年	女革命家、女权主义者亚历山德拉·米哈伊洛夫娜·柯伦泰（1872—1952）在回答《青年近卫军》杂志上的读者来信时，从女性主义的角度肯定了阿赫玛托娃的创作。
	诗集《耶稣纪元：1921》在柏林出版。
1924年	彼得格勒出版社准备出版一套阿赫玛托娃两卷本诗集，但计划夭折，她的作品不再能发表。她开始研究普希金，撰写了多篇很有学术价值的论文。
1925年	被划归为"非无产阶级诗人"并被苏联作家协会列宁格勒分会开除。
1926年	6月8日，与希列伊科正式解除婚姻关系。
1929年	苏联出版的《文学百科全书》保留了"阿赫玛托娃"的条目，但将其描述为"既没有获得资本主义社会的新职位，却又丢失了封建社会的旧职位的贵族女诗人"。
1930年	儿子列夫遭赫尔岑师范学院拒收，原因是非无产阶级家庭出身及没有劳动履历。
	母亲去世。
1933年	10月，学林出版社出版了阿赫玛托娃的译著《彼得·帕维尔·鲁本斯书信集》。
	发表论文《普希金的最后一篇小说》。
1934年	5月13—14日夜间，诗人曼德里施塔姆被捕，阿赫玛托

娃正好在场，目睹了他被捕的经过。

1935年　秋天，开始创作长诗《安魂曲》。

10月22日，普宁和列夫被捕。

到莫斯科，向朋友求助。

10月30日，米哈伊尔·阿法纳西耶维奇·布尔加科夫（1891—1940）帮助阿赫玛托娃上书斯大林，要求减轻普宁和列夫的罪名。

11月3日，普宁和列夫被释放。

1936年　1月，和帕斯捷尔纳克一起去苏联总检察院，请求减轻曼德里施塔姆的罪名。

2月5—11日，前往沃罗涅日看望被流放的曼德里施塔姆。

1937年　与医生、病理解剖学家弗拉基米尔·迦尔洵（1887—1956）相识，并建立了深厚的友情。

1938年　3月10日，列夫再次被捕。

春天，与曼德里施塔姆最后一次见面。

5月1日夜—2日，曼德里施塔姆再次被捕。

9月19日，与普宁分手，结束同居生活。

9月27日，列宁格勒军区军事法庭判处列夫10年劳动改造。

11月17日，苏联最高法院军事庭否决了对列夫的判决，发回重审。

12月27日，曼德里施塔姆去世。

1939年　被吸纳加入苏联作家协会。

7月26日，苏联内务部特别会议通过决议，判处列夫5

年劳动改造。

1940年　12月27日夜，开始了长诗《没有主人公的叙事诗》的创作。

1941年　6月7—8日，在莫斯科第一次与回国的女诗人玛丽娜·伊万诺夫娜·茨维塔耶娃（1892—1941）见面。

6月22日，希特勒撕毁《苏德互不侵犯条约》，对苏联发动袭击，苏德战争爆发。

8月31日，茨维塔耶娃在卡玛河畔的叶拉堡市自缢身亡。

9月28日，被疏散转移到后方。

1943年　3月10日，列夫劳动改造期满。

5月，《塔什干诗集》出版，评论家科尔涅利·泽林斯基（1896—1970）作序。

1944年　5月15日，乘飞机回到莫斯科。

5月31日，回到列宁格勒。

夏天，与迦尔洵关系破裂，住进喷泉楼两居室的房子，从战场上回来的列夫住在隔壁。被邀请参加电台的节目录制，为听众读诗，她的诗歌也开始重新在杂志上发表。

12月，在列宁格勒作家之家举办了阿赫玛托娃文学创作晚会。

1945年　11月，在喷泉楼家中，英国作家、哲学家以赛亚·伯林（1909—1997）拜访了阿赫玛托娃。

1946年　4月3日，莫斯科和列宁格勒的诗人们在首都工会大厦圆柱大厅举行诗歌朗诵会，阿赫玛托娃是参与者之一。

6月2日，在《星》和《列宁格勒》杂志上发表诗歌。

	上半年，莫斯科和列宁格勒一场接一场地举办阿赫玛托娃的专场文学创作晚会。
	7月11日，在列宁格勒电台参加广播节目。
	8月14日，联共（布）中央政治局发布关于《星》和《列宁格勒》杂志的274号文件，严厉批判了作家左琴科和阿赫玛托娃。
	9月1日，苏联作协理事会主席团决定将左琴科和阿赫玛托娃开除出作协，禁止报刊发表他们的作品。为了生活，阿赫玛托娃开始翻译诗歌。
1947年	受阿赫玛托娃影响，列夫被取消研究生资格，调到心理神经医院科技图书馆担任图书管理员。
1948年	5月底，到达莫斯科，住在维克多·阿尔多夫（1900—1976）家中，在那里听帕斯捷尔纳克朗读《日瓦戈医生》写好的部分章节。
1949年	8月26日，普宁又一次被捕。
	11月6日，列夫第三次被捕，被判处10年劳动改造。阿赫玛托娃销毁了自己的大部分文献资料与手稿。
1950年	4月24日，上书斯大林，恳求释放儿子。
	6月14日，苏联国家安全部部长阿巴库莫夫在上呈斯大林的报告书上写道：必须逮捕女诗人阿赫玛托娃。
	9月13日，苏联国家安全部特别会议判处列夫10年劳动改造，罪名是"参加了反苏小组，有恐怖企图，并从事反苏宣传"。
	在这一年，经朋友劝说，为拯救儿子并改善与当局的紧

463

张关系，创作并发表了组诗《和平万岁》。

1951年　1月19日，根据作家亚历山大·亚历山德罗维奇·法捷耶夫（1901—1956）的建议，苏联作家协会恢复了阿赫玛托娃的会籍。

5月22日，在阿尔多夫家中第一次心肌梗塞发作，住院治疗。

6月27日，出院。

1953年　3月5日，斯大林因脑溢血去世。

8月21日，普宁死在位于科米自治共和国的阿别兹劳改营。

10月21日，将自己的诗歌和翻译手稿捐赠给了文学艺术出版社。

1954年　对汉学家费德林（1912—2000）翻译的屈原《离骚》初稿进行加工润色，完成并出版了《离骚》的第一个俄译本。此外，与其他汉学家合作翻译贾谊、李白、李商隐等诗人的作品。

2月5日，向苏联最高苏维埃主席团主席沃罗什洛夫提交了重新审查列夫案件的申请。

5月4日，在列宁格勒作家之家会见英国大学生代表团。

12月15—26日，在莫斯科出席第二届全苏作家代表大会。

1955年　5月，苏联文学基金会列宁格勒分会分配给阿赫玛托娃一套别墅（位于列宁格勒郊区的科马罗沃作家村），这是一座有两个房间的木头房子，她昵称其为"布特卡"，意为"岗亭"。

9月，为营救列夫，求见作家米哈依尔·肖洛霍夫

（1905—1984）。

1956年　苏共中央第二十次代表大会召开后，4月15日，列夫从劳改营被释放回家。

1958年　诗集《诗篇》出版。

1960年　5月21日，急救车医生给阿赫玛托娃检查后，认为她患有心肌梗塞。经过诊断，被送往博特金医院治疗。

1961年　《诗篇》再版。

夏天，和诗人约瑟夫·布罗茨基（1940—1996）相识。

10月，由于慢性阑尾炎加剧，被送进列宁格勒第一医院就医。术后第三天，心肌梗塞复发。

1962年　完成长诗《没有主人公的叙事诗》。

1963年　布罗茨基因"不劳而获"的"寄生虫"罪名被捕，阿赫玛托娃等诗人设法营救他。

诗集《安魂曲》在特拉维夫和慕尼黑出版。

1964年　5月30日，在位于莫斯科的马雅可夫斯基纪念馆举办阿赫玛托娃诞辰75周年庆祝晚会。

12月1—12日，出访意大利，到西西里岛的乌尔西诺城堡领取"埃特纳·陶尔明诺"国际文学奖。期间，与许多外国诗人会面。

12月15日，英国牛津大学决定授予阿赫玛托娃文学博士荣誉学位。

1965年　5月9日，列夫·阿列克谢耶维奇·施洛夫（1932—2004）在科马罗沃为阿赫玛托娃录制了她本人朗读的《安魂曲》。

5月31日，赴英国。

6月5日，在牛津大学隆重举行了授予阿赫玛托娃荣誉文学博士学位的仪式。最后一次与伯林会面。

6月17—21日，到巴黎。

10月初，生前最后一本诗集《时光飞逝》出版。

10月19日，莫斯科大剧院隆重纪念意大利诗人但丁700周年诞辰，最后一次参加公众晚会并发表讲话。

11月10日，第四次心肌梗塞发作。

1966年 3月5日11点，病逝于莫斯科郊外的疗养院。

3月7日22点，全苏广播电台播出了阿赫玛托娃去世的消息。

3月10日，在列宁格勒的尼古拉·莫尔斯基大教堂，按照东正教仪式，为阿赫玛托娃举行了安魂祈祷仪式。随后，遗体被安葬于列宁格勒郊外的科马罗沃公墓。

1987年 春天，在演员中心大楼，阿赫玛托娃朗读的《安魂曲》第一次在"重新响起的声音"栏目对外播放。

12月，"视野"公司发行了由施洛夫录制的《安魂曲》唱片。

1988年 阿赫玛托娃诞辰100周年前夕，苏联为她举行了盛大的纪念活动。她在喷泉楼住过的房子被改建为故居纪念馆。

1989年 阿赫玛托娃诞辰100周年，联合国教科文组织将这一年命名为"阿赫玛托娃年"。

晴朗李寒　翻译、整理

汉译文学名著

第一辑书目（30 种）

伊索寓言	〔古希腊〕伊索著	王焕生译
一千零一夜		李唯中译
托尔梅斯河的拉撒路	〔西〕佚名著	盛力译
培根随笔全集	〔英〕弗朗西斯·培根著	李家真译注
伯爵家书	〔英〕切斯特菲尔德著	杨士虎译
弃儿汤姆·琼斯史	〔英〕亨利·菲尔丁著	张谷若译
少年维特的烦恼	〔德〕歌德著	杨武能译
傲慢与偏见	〔英〕简·奥斯丁著	张玲、张扬译
红与黑	〔法〕斯当达著	罗新璋译
欧也妮·葛朗台 高老头	〔法〕巴尔扎克著	傅雷译
普希金诗选	〔俄〕普希金著	刘文飞译
巴黎圣母院	〔法〕雨果著	潘丽珍译
大卫·考坡菲	〔英〕查尔斯·狄更斯著	张谷若译
双城记	〔英〕查尔斯·狄更斯著	张玲、张扬译
呼啸山庄	〔英〕爱米丽·勃朗特著	张玲、张扬译
猎人笔记	〔俄〕屠格涅夫著	力冈译
恶之花	〔法〕夏尔·波德莱尔著	郭宏安译
茶花女	〔法〕小仲马著	郑克鲁译
战争与和平	〔俄〕列夫·托尔斯泰著	张捷译
德伯家的苔丝	〔英〕托马斯·哈代著	张谷若译
伤心之家	〔爱尔兰〕萧伯纳著	张谷若译
尼尔斯骑鹅旅行记	〔瑞典〕塞尔玛·拉格洛夫著	石琴娥译
泰戈尔诗集：新月集·飞鸟集	〔印〕泰戈尔著	郑振铎译
生命与希望之歌	〔尼加拉瓜〕鲁文·达里奥著	赵振江译
孤寂深渊	〔英〕拉德克利夫·霍尔著	张玲、张扬译
泪与笑	〔黎巴嫩〕纪伯伦著	李唯中译
血的婚礼——加西亚·洛尔迦戏剧选	〔西〕费德里科·加西亚·洛尔迦著	赵振江译
小王子	〔法〕圣埃克苏佩里著	郑克鲁译
鼠疫	〔法〕阿尔贝·加缪著	李玉民译
局外人	〔法〕阿尔贝·加缪著	李玉民译

第二辑书目（30种）

枕草子	〔日〕清少纳言著	周作人译
尼伯龙人之歌	佚名著	安书祉译
萨迦选集		石琴娥等译
亚瑟王之死	〔英〕托马斯·马洛礼著	黄素封译
呆厮国志	〔英〕亚历山大·蒲柏著	李家真译注
波斯人信札	〔法〕孟德斯鸠著	梁守锵译
东方来信——蒙太古夫人书信集	〔英〕蒙太古夫人著	冯环译
忏悔录	〔法〕卢梭著	李平沤译
阴谋与爱情	〔德〕席勒著	杨武能译
雪莱抒情诗选	〔英〕雪莱著	杨熙龄译
幻灭	〔法〕巴尔扎克著	傅雷译
雨果诗选	〔法〕雨果著	程曾厚译
爱伦·坡短篇小说全集	〔美〕爱伦·坡著	曹明伦译
名利场	〔英〕萨克雷著	杨必译
游美札记	〔英〕查尔斯·狄更斯著	张谷若译
巴黎的忧郁	〔法〕夏尔·波德莱尔著	郭宏安译
卡拉马佐夫兄弟	〔俄〕陀思妥耶夫斯基著	徐振亚、冯增义译
安娜·卡列尼娜	〔俄〕列夫·托尔斯泰著	力冈译
还乡	〔英〕托马斯·哈代著	张谷若译
无名的裘德	〔英〕托马斯·哈代著	张谷若译
快乐王子——王尔德童话全集	〔英〕奥斯卡·王尔德著	李家真译
理想丈夫	〔英〕奥斯卡·王尔德著	许渊冲译
莎乐美 文德美夫人的扇子	〔英〕奥斯卡·王尔德著	许渊冲译
原来如此的故事	〔英〕吉卜林著	曹明伦译
缎子鞋	〔法〕保尔·克洛岱尔著	余中先译
昨日世界：一个欧洲人的回忆	〔奥〕斯蒂芬·茨威格著	史行果译
先知 沙与沫	〔黎巴嫩〕纪伯伦著	李唯中译
诉讼	〔奥〕弗兰茨·卡夫卡著	章国锋译
老人与海	〔美〕欧内斯特·海明威著	吴钧燮译
烦恼的冬天	〔美〕约翰·斯坦贝克著	吴钧燮译

第三辑书目（40种）

埃达	〔冰岛〕佚名著　石琴娥、斯文译
徒然草	〔日〕吉田兼好著　王以铸译
乌托邦	〔英〕托马斯·莫尔著　戴镏龄译
罗密欧与朱丽叶	〔英〕莎士比亚著　朱生豪译
李尔王	〔英〕莎士比亚著　朱生豪译
大洋国	〔英〕哈林顿著　何新译
论批评　云鬟劫	〔英〕亚历山大·蒲柏著　李家真译注
论人	〔英〕亚历山大·蒲柏著　李家真译注
亲和力	〔德〕歌德著　高中甫译
大尉的女儿	〔俄〕普希金著　刘文飞译
悲惨世界	〔法〕雨果著　潘丽珍译
安徒生童话与故事全集	〔丹麦〕安徒生著　石琴娥译
死魂灵	〔俄〕果戈理著　郑海凌译
瓦尔登湖	〔美〕亨利·大卫·梭罗著　李家真译注
罪与罚	〔俄〕陀思妥耶夫斯基著　力冈、袁亚楠译
生活之路	〔俄〕列夫·托尔斯泰著　王志耕译
小妇人	〔美〕路易莎·梅·奥尔科特著　贾辉丰译
生命之用	〔英〕约翰·卢伯克著　曹明伦译
哈代中短篇小说选	〔英〕托马斯·哈代著　张玲、张扬译
卡斯特桥市长	〔英〕托马斯·哈代著　张玲、张扬译
一生	〔法〕莫泊桑著　盛澄华译
莫泊桑短篇小说选	〔法〕莫泊桑著　柳鸣九译
多利安·格雷的画像	〔英〕奥斯卡·王尔德著　李家真译注
苹果车——政治狂想曲	〔英〕萧伯纳著　老舍译
伊坦·弗洛美	〔美〕伊迪斯·华尔顿著　吕叔湘译
施尼茨勒中短篇小说选	〔奥〕阿图尔·施尼茨勒著　高中甫译
约翰·克利斯朵夫	〔法〕罗曼·罗兰著　傅雷译
童年	〔苏联〕高尔基著　郭家申译
在人间	〔苏联〕高尔基著　郭家申译
我的大学	〔苏联〕高尔基著　郭家申译

地粮	〔法〕安德烈·纪德著	盛澄华译
在底层的人们	〔墨〕马里亚诺·阿苏埃拉著	吴广孝译
啊，拓荒者	〔美〕薇拉·凯瑟著	曹明伦译
云雀之歌	〔美〕薇拉·凯瑟著	曹明伦译
我的安东妮亚	〔美〕薇拉·凯瑟著	曹明伦译
绿山墙的安妮	〔加〕露西·莫德·蒙哥马利著	马爱农译
远方的花园——希梅内斯诗选	〔西〕胡安·拉蒙·希梅内斯著	赵振江译
城堡	〔奥〕弗兰茨·卡夫卡著	赵蓉恒译
飘	〔美〕玛格丽特·米切尔著	傅东华译
愤怒的葡萄	〔美〕约翰·斯坦贝克著	胡仲持译

第四辑书目（30种）

伊戈尔出征记		李锡胤译
莎士比亚诗歌全集——十四行诗及其他	〔英〕莎士比亚著	曹明伦译
伏尔泰小说选	〔法〕伏尔泰著	傅雷译
海上劳工	〔法〕雨果著	许钧译
海华沙之歌	〔美〕朗费罗著	王科一译
远大前程	〔英〕查尔斯·狄更斯著	王科一译
当代英雄	〔俄〕莱蒙托夫著	吕绍宗译
夏洛蒂·勃朗特书信	〔英〕夏洛蒂·勃朗特著	杨静远译
缅因森林	〔美〕梭罗著	李家真译注
鳕鱼海岬	〔美〕梭罗著	李家真译注
黑骏马	〔英〕安娜·休厄尔著	马爱农译
地下室手记	〔俄〕陀思妥耶夫斯基著	刘文飞译
复活	〔俄〕列夫·托尔斯泰著	力冈译
乌有乡消息	〔英〕威廉·莫里斯著	黄嘉德译
生命之乐	〔英〕约翰·卢伯克著	曹明伦译
都德短篇小说选	〔法〕都德著	柳鸣九译
无足轻重的女人	〔英〕奥斯卡·王尔德著	许渊冲译
巴杜亚公爵夫人	〔英〕奥斯卡·王尔德著	许渊冲译
美之陨落：王尔德书信集	〔英〕奥斯卡·王尔德著	孙宜学译
名人传	〔法〕罗曼·罗兰著	傅雷译
伪币制造者	〔法〕安德烈·纪德著	盛澄华译
弗罗斯特诗全集	〔美〕弗罗斯特著	曹明伦译

弗罗斯特文集	〔美〕弗罗斯特著	曹明伦译
卡斯蒂利亚的田野：马查多诗选	〔西〕安东尼奥·马查多著	赵振江译
人类群星闪耀时：十四幅历史人物画像	〔奥〕斯蒂芬·茨威格著	高中甫、潘子立译
被折断的翅膀：纪伯伦中短篇小说选	〔黎巴嫩〕纪伯伦著	李唯中译
蓝色的火焰：纪伯伦爱情书简	〔黎巴嫩〕纪伯伦著	薛庆国译
失踪者	〔奥〕弗兰茨·卡夫卡著	徐纪贵译
获而一无所获	〔美〕欧内斯特·海明威著	曹明伦译
第一人	〔法〕阿尔贝·加缪著	闫素伟译

第五辑书目（30种）

坎特伯雷故事	〔英〕乔叟著	李家真译注
暴风雨	〔英〕莎士比亚著	朱生豪译
仲夏夜之梦	〔英〕莎士比亚著	朱生豪译
山上的耶伯：霍尔堡喜剧五种	〔丹麦〕霍尔堡著	京不特译
华兹华斯叙事诗选	〔英〕威廉·华兹华斯著	秦立彦译
富兰克林自传	〔美〕富兰克林著	叶英译
别尔金小说集	〔俄〕普希金著	刘文飞译
三个火枪手	〔法〕大仲马著	江城子译
谁之罪？	〔俄〕赫尔岑著	郭家申译
两河一周	〔美〕梭罗著	李家真译注
伊万·伊里奇之死	〔俄〕列夫·托尔斯泰著	张猛译
蓝眼盗	〔墨〕阿尔塔米拉诺著	段若川、赵振江译
你往何处去	〔波兰〕亨利克·显克维奇著	林洪亮译
俊友	〔法〕莫泊桑著	李青崖译
认真最重要	〔英〕奥斯卡·王尔德著	许渊冲译
五重塔	〔日〕幸田露伴著	罗嘉译
窄门	〔法〕安德烈·纪德著	桂裕芳译
我们中的一员	〔美〕薇拉·凯瑟著	曹明伦译
薇拉·凯瑟短篇小说集	〔美〕薇拉·凯瑟著	曹明伦译
太阳宝库 船木松林	〔俄〕普里什文著	任子峰译
堂吉诃德之路	〔西〕阿索林著	王军译
给一个青年诗人的十封信	〔奥〕里尔克著	冯至译

与魔的搏斗：荷尔德林、克莱斯特、尼采
〔奥〕斯蒂芬·茨威格著　潘璐、任国强、郭颖杰译
幽禁的玫瑰：阿赫玛托娃诗选　〔俄〕安娜·阿赫玛托娃著　晴朗李寒译
日瓦戈医生　　　　　　　　　〔俄〕帕斯捷尔纳克著　力冈、冀刚译
总统先生　　　　　　　　〔危地马拉〕M.A.阿斯图里亚斯著　董燕生译
雪国　　　　　　　　　　　　　　〔日〕川端康成著　尚永清译
永别了，武器　　　　　　　〔美〕欧内斯特·海明威著　曹明伦译
聂鲁达诗选　　　　　　　　〔智利〕巴勃罗·聂鲁达著　赵振江译
西西弗神话　　　　　　　　　〔法〕阿尔贝·加缪著　杜小真译

图书在版编目（CIP）数据

幽禁的玫瑰：阿赫玛托娃诗选 /（俄罗斯）安娜·阿赫玛托娃著；晴朗李寒译. -- 北京：商务印书馆，2024. --（汉译世界文学名著丛书）. -- ISBN 978-7-100-24085-7

I. I512.25

中国国家版本馆 CIP 数据核字第 20242Q00P4 号

权利保留，侵权必究。

汉译世界文学名著丛书
幽禁的玫瑰
阿赫玛托娃诗选
〔俄〕安娜·阿赫玛托娃　著
晴朗李寒　译

商 务 印 书 馆 出 版
（北京王府井大街36号　邮政编码100710）
商 务 印 书 馆 发 行
北京市十月印刷有限公司印刷
ISBN 978-7-100-24085-7

2024年8月第1版	开本 850×1168　1/32
2024年8月北京第1次印刷	印张 15¹⁄₈

定价：72.00元